Los Caracteres Mayas Una Novela de Fantasía Histórica

Marcelo Palacios

Published by INDEPENDENT PUBLISHER, 2024.

This is a work of fiction. Similarities to real people, places, or events are entirely coincidental.

LOS CARACTERES MAYAS UNA NOVELA DE FANTASÍA HISTÓRICA

First edition. November 10, 2024.

Copyright © 2024 Marcelo Palacios.

ISBN: 979-8227413840

Written by Marcelo Palacios.

Tabla de Contenido

Capítulo 1: El Mensaje Críptico 1

Capítulo 2: Comienza el viaje...3

Capítulo 3: Conociendo al Mentor 5

Capítulo 4: En el corazón de la selva 7

Capítulo 5: Guardianes del Templo..9

Capítulo 6: La Profecía Revelada 12

Capítulo 7: La advertencia del guardián 14

Capítulo 8: El camino de las pruebas 16

Capítulo 9: El Guardián de Oriente 18

Capítulo 10: El Cenote del Destino 20

Capítulo 11: El Guardián del Norte... 23

Capítulo 12: El Guardián del Sur 26

Capítulo 13: La tormenta que se avecina.................................. 29

Capítulo 14: El Corazón de la Tierra Sagrada.......................... 31

Capítulo 15: Las pruebas de los guardianes 34

Capítulo 16: El Consejo de Guardianes 37

Capítulo 17: La prueba del fuego y el hielo 40

Capítulo 18: El Guardián del Sur 43

Capítulo 19: Las antiguas ruinas de Tikal 46

Capítulo 20: Los guardianes se unen 49

Capítulo 21: El Templo del Sol 51

Capítulo 22: La confrontación final 54

Capítulo 23: La luz interior 56

Capítulo 24: El regreso a casa 58

Capítulo 25: Nuevos comienzos 60

Capítulo 26: El camino por delante 62

Capítulo 27: Desafíos imprevistos 64

Capítulo 28: La prueba del guardián.. 66

Capítulo 29: Las pruebas del fuego y el agua............................ 68

Capítulo 30: El Templo del Sol 70

Capítulo 31: Las sombras de la traición 72

Capítulo 32: El camino a la redención 74

Capítulo 33: El Bosque Susurrante 76

Capítulo 34: El velo de las ilusiones...78
Capítulo 35: El juicio del guardián..80
Capítulo 36: Los ecos del pasado 82
Capítulo 37: El Reino de las Sombras...84
Capítulo 38: El corazón de las tinieblas..86
Capítulo 39: El enfrentamiento final 88
Capítulo 40: El amanecer de una nueva era 90

Capítulo 1: El Mensaje Críptico

Diego se encontraba sentado en su escritorio, la tenue luz de las velas proyectando sombras que danzaban sobre el pergamino que tenía frente a él. Como joven escriba en la bulliciosa ciudad de Sevilla, ya estaba acostumbrado a pasar largas horas inmerso en trabajos minuciosos, copiando documentos y transcribiendo cartas para sus clientes adinerados. No obstante, esa noche algo en el ambiente le resultaba extraño.

Un aire de emoción llenó la habitación, encendido por la llegada de un mensaje enigmático ese mismo día. El pergamino estaba en blanco, excepto por una sola palabra elegantemente escrita: "Selvas".

Diego pasó los dedos por las cartas, despertando su interés. ¿Selvas? ¿Qué podría significar? Había oído historias de lugares lejanos y aventuras emocionantes, pero nunca se había imaginado a sí mismo viajando a las profundidades de la naturaleza.

La luz de las velas volvió a parpadear, proyectando sombras fantasmales a través del pequeño espacio. El pulso de Diego se aceleró cuando abrió el mensaje, descubriendo un texto desconcertante escrito en un idioma desconocido. Extraños símbolos y glifos parecían bailar en la página, sus significados estaban fuera de su alcance.

Diego frunció el ceño, su mente se llenó de preguntas. ¿Quién había enviado este mensaje? ¿Y qué querían de él?

Como si fuera una respuesta, sonó un golpe en la puerta, rompiendo el silencio de la noche. El pulso de Diego se aceleró cuando se levantó de su silla y cruzó la habitación para responder a la citación.

De pie en la puerta había una figura envuelta en sombras, sus rasgos oscurecidos por la oscuridad de la noche. El aliento de Diego se atascó en su garganta mientras miraba fijamente las profundidades de la mirada encapuchada del extraño.

—¿Eres Diego? —preguntó la figura, con voz baja y grave.

Diego asintió; Su garganta se seca de aprensión. —¿Quién eres?

El desconocido dio un paso adelante, la luz de la luna captó el destello del acero en su cadera. "Tengo un mensaje para ti", le dijeron, entregándole a Diego un sobre sellado.

2

Diego tomó el sobre, sus manos temblaban ligeramente mientras rompía el sello. En su interior había una carta escrita en un idioma que podía entender, aunque las palabras le provocaron un escalofrío.

"Sabemos quién eres", decía la carta. "Sabemos lo que buscáis. Reúnete con nosotros en los muelles a medianoche y todo será revelado".

La mente de Diego se aceleró mientras leía las palabras, con el corazón latiendo con fuerza en su pecho. ¿Quiénes eran estos misteriosos mensajeros? ¿Y qué querían de él?

Con una sensación de inquietud, Diego resolvió atender el llamado. Recogiendo su capa y su linterna, se deslizó en la noche, dejando atrás la seguridad de su hogar para los peligros desconocidos que le esperaban en las selvas del más allá.

Capítulo 2: Comienza el viaje

La luna colgaba baja en el cielo mientras Diego se abría paso por las sinuosas calles de Sevilla, su linterna proyectaba un débil resplandor contra los adoquines bajo sus pies. La ciudad dormía profundamente, ajena a los secretos que acechaban en sus sombras.

A medida que se acercaba a los muelles, el corazón de Diego se aceleró con anticipación. El aire estaba cargado con el sabor salado del mar, que se mezclaba con el aroma a pescado y alquitrán que impregnaba el aire.

A la orilla del agua, una figura solitaria se recortaba contra el horizonte iluminado por la luna. El aliento de Diego se atascó en su garganta cuando reconoció al extraño de antes, sus rasgos aún oscurecidos por la oscuridad.

—Has venido —dijo el desconocido, su voz era un murmullo bajo en la quietud de la noche—.

Diego asintió, su pulso se aceleró con una mezcla de miedo y emoción.
—¿Qué quieres de mí?

El desconocido le hizo señas a Diego para que lo siguiera, conduciéndolo por un estrecho callejón que serpenteaba hacia la orilla del agua. Diego dudó por un momento, su mente se llenó de dudas e incertidumbres, pero algo lo obligó a seguirlo.

Al llegar a los muelles, un pequeño bote se balanceaba suavemente en el agua, sus velas ondeando con la brisa de la tarde. El desconocido le hizo señas a Diego para que subiera a bordo, y juntos partieron hacia la oscuridad, dejando atrás la seguridad de la costa.

El viaje fue largo y arduo, el barco se mecía y se mecía con el ritmo de las olas. Diego se aferró a la barandilla; Sus nudillos palidecieron de tensión mientras navegaban por las traicioneras aguas del mar abierto.

Las horas transcurrían en silencio mientras navegaban más profundamente en la noche, el único sonido era el crujido del barco y el suave chapoteo de las olas contra su casco. La mente de Diego era un torbellino de pensamientos y preguntas, pero el desconocido permaneció en silencio, con la mirada fija en el horizonte que tenía delante.

4

Al despuntar el alba en el horizonte, finalmente llegaron a su destino: las selvas de Mesoamérica se extendían ante ellos, una vasta extensión de verdor y misterio envuelta en las brumas de la mañana.

El corazón de Diego latía de emoción cuando pisó la orilla arenosa, el cálido abrazo de la selva lo envolvió como un amigo perdido hace mucho tiempo. El aire estaba cargado con el aroma de las flores exóticas y la cacofonía de los cantos de los pájaros que resonaban a través de los árboles.

El desconocido se volvió hacia Diego, sus ojos brillaban con anticipación. —Bienvenidos a la selva —dijeron, con la voz teñida de una pizca de picardía—. "Tu viaje no ha hecho más que empezar".

Con esas palabras, desaparecieron entre la maleza, dejando a Diego solo en las orillas de esta extraña y maravillosa tierra. Al verlos desaparecer en la jungla, una sensación de euforia se apoderó de él, mezclada con una creciente sensación de inquietud.

Pero Diego no se inmutó. Con un nuevo sentido de propósito, se adentró en la jungla, ansioso por descubrir los secretos que se escondían en sus profundidades. Lo que no sabía era que la mayor aventura de su vida no había hecho más que empezar.

Capítulo 3: Conociendo al Mentor

Diego se aventuró más profundamente en la densa jungla, sus sentidos vivos con las vistas y los sonidos de este desierto vibrante e indómito. El aire estaba cargado de humedad, el follaje rebosaba de vida mientras los monos parloteaban en lo alto y las aves exóticas revoloteaban entre las ramas.

A medida que avanzaba, Diego no podía quitarse de encima la sensación de ser observado. Cada susurro de las hojas, cada chasquido de una ramita aceleraba su corazón con anticipación. Pero ya no había vuelta atrás. Estaba decidido a descubrir los secretos del códice maya, sin importar el costo.

De repente, una voz rompió el silencio, sacando a Diego de su ensoñación. "¡Alto!"

Diego se dio la vuelta, su mano instintivamente alcanzó la daga que tenía en la cadera. Frente a él había una figura envuelta en sombras, con el rostro oscurecido por el denso follaje que los rodeaba.

—¿Quién va allí? —preguntó Diego, su voz resonando en la selva.

La figura dio un paso adelante, revelándose como un anciano con rasgos curtidos y ojos penetrantes que parecían perforar el alma de Diego. —Soy Xibalbá —dijo el hombre en voz baja y grave—. —Te he estado esperando.

Diego frunció el ceño confundido. "¿Esperándome? ¿Cómo es posible que lo sepas?

Pero Xibalbá levantó una mano, cortando la protesta de Diego. "No hay tiempo para preguntas", dijo. "Has sido elegido para una gran tarea, Diego. Una tarea que pondrá a prueba tu coraje, tu fuerza y tu determinación".

El pulso de Diego se aceleró al mencionar la tarea que tenía por delante. "¿Qué tarea?", preguntó, despertando su curiosidad.

La mirada de Xibalbá se volvió intensa mientras hablaba. "Has sido elegido para proteger el códice maya", dijo. "Un artefacto sagrado que tiene la clave para desentrañar los secretos de nuestros antepasados".

Los ojos de Diego se abrieron con incredulidad. "¿El códice maya? Pero, ¿por qué a mí?

Los labios de Xibalbá se curvaron en una sonrisa cómplice. "Porque posees el coraje y la curiosidad de buscar la verdad", dijo. —Y porque estás destinado a la grandeza, Diego. Puedo sentirlo".

6

La mente de Diego se tambaleaba ante las implicaciones de las palabras de Xibalbá. ¿Podría ser cierto? ¿Estaba realmente destinado a la grandeza? La idea lo llenó de un sentido de propósito diferente a todo lo que había conocido.

Pero antes de que pudiera detenerse más en ello, Xibalbá le hizo un gesto a Diego para que lo siguiera más adentro de la selva. —Ven —dijo—. "Hay mucho que tengo que enseñarte".

Con un sentido de determinación corriendo por sus venas, Diego se puso detrás de Xibalbá, ansioso por aprender todo lo que pudiera de este misterioso mentor. Lo que no sabía era que el viaje que le esperaba lo pondría a prueba de formas que nunca podría haber imaginado, convirtiéndolo en el héroe en el que estaba destinado a convertirse.

Capítulo 4: En el corazón de la selva

El denso follaje de la selva se cernía sobre su cabeza mientras Diego seguía a Xibalbá adentrándose en el corazón del desierto. El aire estaba cargado de humedad, los sonidos de la selva estaban vivos con las llamadas de criaturas exóticas y el susurro de las hojas bajo sus pies.

Mientras caminaban, Xibalbá deleitó a Diego con cuentos de la antigua civilización maya, pintando imágenes vívidas de un mundo que se fue hace mucho tiempo pero que no se olvidó. Diego escuchó atentamente; su mente llena de asombro ante el rico tapiz de la historia que lo rodeaba.

—Hace mucho tiempo —comenzó Xibalbá con voz baja y melódica—, los mayas eran dueños de esta tierra. Construyeron grandes ciudades, cartografiaron las estrellas y desvelaron los secretos del universo".

Diego estaba pendiente de cada palabra de Xibalbá, su imaginación se disparaba mientras imaginaba la grandeza de la antigua civilización maya. "¿Pero qué les pasó?", preguntó, despertando su curiosidad.

La expresión de Xibalbá se oscureció ante la pregunta, una sombra pasó sobre sus rasgos curtidos. "Eran un pueblo orgulloso y noble", dijo, "pero también eran un pueblo acosado por la lucha y el conflicto. Al final, fueron víctimas de su propia arrogancia, y su civilización, una vez grande, se desmoronó en polvo".

El corazón de Diego se hundió al pensar en una cultura tan magnífica abatida por su propia locura. "¿Ya no queda nada de ellos?", preguntó, con la voz teñida de tristeza.

Xibalbá negó con la cabeza. "Solo ruinas y restos", dijo. "Pero su legado sigue vivo en las historias y tradiciones que se transmiten de generación en generación. Y en los artefactos que dejaron atrás".

Los ojos de Diego brillaron de emoción ante la mención de los artefactos. —¿Como el códice maya? —preguntó, con voz ansiosa.

Xibalbá asintió, con un destello de anticipación en sus ojos. —Sí —dijo—. "El códice maya es un tesoro incomparable, que contiene conocimiento y sabiduría transmitidos por los propios antiguos. Se dice que tiene la clave para desentrañar los misterios del universo".

8

El corazón de Diego se aceleró ante la idea de descubrir secretos tan antiguos. —¿Pero dónde está? —preguntó, su voz apenas por encima de un susurro.

La mirada de Xibalbá se volvió intensa cuando volteó a mirar a Diego. —Eso, mi joven amigo —dijo—, es lo que estamos aquí para averiguar.

Con renovada determinación, Diego siguió a Xibalbá adentrándose en la selva, sus pasos resonando a través de la densa maleza. El aire estaba animado con los sonidos de la selva, una sinfonía de vida que los rodeaba por todos lados.

Pasaron las horas mientras seguían adelante, el sol se hundía en el cielo a medida que se aventuraban cada vez más en el corazón del desierto. A Diego le dolían las piernas por el agotamiento, pero su ánimo se elevó al saber que estaban a punto de descubrir algo verdaderamente extraordinario.

Finalmente, cuando la luz comenzó a desvanecerse en el cielo, Xibalbá se detuvo, levantando la mano en un gesto silencioso para que Diego hiciera lo mismo. Delante de ellos, oscurecidos por el denso follaje, se alzaban las ruinas de un antiguo templo maya.

El aliento de Diego se atascó en su garganta al verlo, su corazón latía con emoción ante la perspectiva de descubrir los secretos que se escondían dentro de sus paredes. Con una sensación de asombro y anticipación, siguió a Xibalbá hasta las profundidades del templo, sabiendo que su mayor aventura apenas comenzaba.

Capítulo 5: Guardianes del Templo

El antiguo templo maya se alzaba ante Diego y Xibalbá, con sus muros de piedra desgastada elevándose majestuosamente hacia el dosel de arriba. Las enredaderas serpenteaban alrededor de las ruinas desmoronadas, sus zarcillos verdes se aferraban a la antigua piedra como si se resistieran a soltarse.

El corazón de Diego se aceleró con anticipación mientras contemplaba la vista que tenía ante él. Esto era todo, la culminación de su viaje, el momento por el que habían estado trabajando desde que pusieron un pie en la selva. El códice maya los esperaba dentro de estos salones sagrados, con sus secretos a la espera de ser descubiertos.

La voz de Xibalbá rompió la ensoñación de Diego, devolviéndolo al presente. —Debemos proceder con precaución —dijo, mientras sus ojos escudriñaban la selva circundante en busca de cualquier señal de peligro—. "El templo está protegido por trampas y trampas, diseñadas para disuadir a los intrusos de profanar sus salas sagradas".

Diego asintió; sus sentidos vivos con la emoción de la aventura. "Estoy listo", dijo, con la voz teñida de emoción.

Con eso, dieron un paso adelante, cruzando el umbral hacia el antiguo templo. El aire estaba cargado de polvo y olor a decadencia, un testimonio de los siglos que habían pasado desde la última vez que el templo fue habitado.

A medida que se aventuraban más en el templo, los sentidos de Diego fueron asaltados por una cacofonía de imágenes y sonidos. Las paredes estaban adornadas con intrincadas tallas y jeroglíficos, cuyos significados se habían perdido con el paso del tiempo. Extraños símbolos y glifos adornaban las paredes, su propósito era un misterio para Diego.

De repente, Xibalbá se detuvo, levantó la mano en un gesto silencioso para que Diego hiciera lo mismo. Delante de ellos, un enorme abismo se abría en el suelo, con las profundidades envueltas en la oscuridad.

—Cuida tus pasos —advirtió Xibalbá en voz baja y cautelosa—. "El templo está lleno de trampas como esta, diseñadas para atrapar a los incautos con la guardia baja".

Diego asintió, con el corazón latiendo de adrenalina mientras miraba en la oscuridad de abajo. Con una respiración profunda, dio un paso vacilante hacia

10

adelante, su pie aterrizó en tierra firme. Con cada paso, sentía una oleada de triunfo, sabiendo que estaban un paso más cerca de su objetivo.

Pero su progreso no estuvo exento de desafíos. A medida que se adentraban en el templo, se encontraron con una serie de obstáculos y desafíos que pusieron a prueba su coraje e ingenio. Desde pasadizos ocultos hasta acertijos antiguos, enfrentaron cada prueba con determinación y resolución, sabiendo que el destino del códice maya pendía de un hilo.

Por fin, después de lo que pareció una eternidad, llegaron al santuario interior del templo, una vasta cámara bañada por el suave resplandor de las antorchas parpadeantes. En el centro de la cámara había un pedestal de piedra, sobre el que descansaba un pequeño tomo desgastado: el códice maya.

El corazón de Diego saltó de alegría al verlo, sus dedos temblaban de anticipación mientras extendía la mano para agarrar el antiguo artefacto. Pero antes de que pudiera ponerle las manos encima, una voz resonó desde las sombras, congelándolo en seco.

"¡Alto!"

Diego se dio la vuelta, con su daga desenvainada y lista, cuando una figura salió de la oscuridad: un guerrero maya, vestido con armadura y armado con una reluciente hoja de obsidiana.

—¿Quién se atreve a perturbar la santidad de este lugar sagrado? —preguntó el guerrero, con un gruñido en voz baja.

Diego tragó saliva, con el corazón latiendo en su pecho al encontrarse con la mirada del guerrero. —No queremos hacer daño —dijo, con voz firme a pesar del miedo que le carcomía las entrañas—. "Lo único que buscamos es descubrir los secretos del códice maya".

El guerrero miró a Diego y Xibalbá con una mirada acerada, su expresión era ilegible. Por un momento, el silencio flotaba pesado en el aire, roto solo por el suave crepitar de las antorchas que cubrían las paredes de la cámara.

Entonces, para sorpresa de Diego, el guerrero bajó su arma, una mirada de respeto cruzó su rostro. —Eres valiente al aventurarte en el corazón del templo —dijo, con la voz teñida de admiración—. "Pero el códice maya no está hecho para forasteros. Esconde secretos que no están destinados a ser revelados".

El corazón de Diego se hundió ante las palabras del guerrero, sus sueños de desentrañar los misterios del códice se le escaparon entre los dedos. Pero antes de que pudiera responder, Xibalbá dio un paso adelante, su voz tranquila y mesurada.

—Comprendemos la importancia de proteger el códice —dijo, con la mirada fija al encontrarse con la mirada del guerrero—. "Pero creemos que sus secretos pertenecen a todos los que buscan el conocimiento y la sabiduría. No queremos hacer daño, solo queremos aprender".

El guerrero miró a Xibalbá con una mezcla de escepticismo y curiosidad, con la mano aún flotando sobre la empuñadura de su espada. Luego, después de un momento de vacilación, asintió con expresión grave.

—Muy bien —dijo—. "Pero debes saber esto: hay fuerzas en acción en este mundo que no se detendrían ante nada para reclamar el códice para sí mismas. Debes andar con cuidado, porque el destino del mundo puede depender de ello".

Con eso, el guerrero desapareció de nuevo en las sombras, dejando a Diego y Xibalbá solos una vez más en la cámara. La mente de Diego se llenó de preguntas, pero una cosa estaba clara: estaban más cerca que nunca de descubrir los secretos del códice maya. Y nada se interpondría en su camino.

Capítulo 6: La Profecía Revelada

Diego y Xibalbá estaban de pie en la antigua cámara del templo, el resplandor de las antorchas proyectaba sombras parpadeantes a través de los muros de piedra. Ante ellos yacía el códice maya, con sus páginas desgastadas que llamaban con la promesa de conocimientos antiguos y secretos no contados.

Con manos temblorosas, Diego extendió la mano para tocar el tomo, sus dedos trazando los glifos descoloridos que adornaban su superficie. El pergamino estaba quebradizo por el tiempo, sus bordes deshilachados y amarillentos por el tiempo, pero las palabras inscritas en él eran tan claras como si hubieran sido escritas ayer.

Xibalbá observaba los movimientos de Diego con una mezcla de orgullo y anticipación, sus ojos se iluminaban con la emoción del descubrimiento. —Sigue, Diego —le instó—. "Ábrelo. Veamos qué secretos esconde.

Diego asintió, con el corazón latiendo de emoción mientras levantaba con cuidado la tapa del códice. Las páginas crujían bajo su toque, sus antiguos secretos se desplegaban ante él como un mapa de un mundo perdido.

Al pasar las páginas, los ojos de Diego se abrieron de par en par con asombro ante la riqueza del conocimiento que contenía. El códice estaba lleno de intrincados diagramas e ilustraciones, cada uno más misterioso que el anterior. Era como si se hubiera topado con un tesoro de sabiduría antigua, a la espera de ser desbloqueado.

Pero no fue hasta que llegó a las últimas páginas del códice que Diego encontró lo que estaba buscando: una profecía, escrita en un idioma que podía entender, que predecía el destino del mundo mismo.

—La profecía —susurró Diego, su voz apenas superior a un susurro—.

Xibalbá se acercó más, sus ojos escudriñaron las palabras con una mezcla de asombro y reverencia. —¿Qué dice? —preguntó, con la voz teñida de expectación.

Diego se aclaró la garganta, le temblaban las manos mientras leía en voz alta las palabras de la profecía:

"He aquí que se acerca el tiempo de la verdad,

Cuando las tinieblas desciendan sobre la tierra.

Pero no temáis, porque un héroe se levantará,

Para vencer al mal y reclamar el premio.
A través de pruebas y tribulaciones, pasará,
Para desvelar los secretos del pasado.
Con coraje y sabiduría, prevalecerá,
Y el mundo se salvará del velo de las tinieblas.
Pero ten cuidado, porque las sombras acechan invisibles,
A la espera de frustrar el sueño del héroe.
Solo con aliados verdaderos y valientes,
¿Triunfará el héroe y se salvará el mundo?

Cuando Diego terminó de leer, un silencio se apoderó de la cámara, el peso de la profecía flotaba pesadamente en el aire. Por un momento, ni él ni Xibalbá hablaron, perdidos en sus propios pensamientos y temores.

Entonces, Xibalbá rompió el silencio, con voz grave. —La profecía habla de un héroe —dijo, mientras sus ojos buscaban en el rostro de Diego signos de comprensión—. —¿Podría ser...?

La mente de Diego corría con posibilidades mientras consideraba las implicaciones de la profecía. ¿Era él el héroe predicho en los textos antiguos? ¿Estaba destinado a salvar al mundo de las garras de las tinieblas?

Pero antes de que pudiera detenerse más en ello, un ruido resonó en la cámara, un golpeteo suave e insistente que parecía provenir de algún lugar profundo del templo.

Diego y Xibalbá intercambiaron una mirada cautelosa, con los sentidos en alerta máxima. —¿Qué es eso? —preguntó Diego, con una voz apenas superior a un susurro.

Xibalbá negó con la cabeza, con expresión sombría. —No lo sé —dijo, con la voz teñida de aprensión—. "Pero sea lo que sea, no puede ser bueno".

Con eso, partieron hacia las profundidades del templo, con el corazón lleno de determinación y temor. Porque sabían que el viaje que les esperaba estaría lleno de peligros, y que solo desvelando los secretos del códice maya podrían esperar salvar al mundo de la oscuridad que amenazaba con consumirlo.

Capítulo 7: La advertencia del guardián

En lo profundo de los laberínticos pasillos del antiguo templo maya, Diego y Xibalbá se aventuraron, sus pasos resonando a través de los pasadizos poco iluminados. El aire estaba cargado con el olor del polvo antiguo y el leve indicio de decadencia, un testimonio de los siglos que habían pasado desde la última vez que el templo fue habitado.

A medida que avanzaban, los sentidos de Diego fueron asaltados por las vistas y los sonidos del templo: el espeluznante parpadeo de la luz de las antorchas que proyectaba sombras danzantes en las paredes, los ecos lejanos del agua que goteaba de estalactitas invisibles y el correteo ocasional de criaturas invisibles en la oscuridad.

Con cada paso, la tensión en el aire se hacía palpable, un testimonio silencioso de los peligros que acechaban en las profundidades del templo. Pero Diego y Xibalbá siguieron adelante, con una determinación inquebrantable ante la incertidumbre.

De repente, una voz rompió el silencio, un sonido suave y melódico que parecía emanar de las mismas paredes del templo. —Detente —susurró, con un tono urgente pero teñido de una pizca de tristeza—.

Diego y Xibalbá se detuvieron, con el corazón latiendo en el pecho mientras escudriñaban la oscuridad en busca de cualquier señal de movimiento. —¿Quién está ahí? —exclamó Diego, su voz resonando por los pasillos—.

Hubo un momento de silencio, roto solo por el suave crujido de la tela y el leve crujido de la piedra antigua. Entonces, de las sombras emergió una figura: un anciano maya, con sus facciones curtidas y arrugadas por la edad, sus ojos brillando con una sabiduría nacida de los siglos.

—Soy Ah Kin —dijo el anciano en voz baja y grave—. "Guardián de este templo y guardián de sus secretos".

Diego y Xibalbá intercambiaron una mirada cautelosa, con los sentidos en alerta máxima. —¿Qué quieres de nosotros? —preguntó Xibalbá, con la voz teñida de sospecha.

Ah Kin los miró con una expresión solemne, su mirada penetrante en su intensidad. —He venido a advertirte —dijo—. "La oscuridad que amenaza a este mundo es más poderosa de lo que puedes imaginar. Debes andar con cuidado, porque el destino del mundo pende de un hilo".

El corazón de Diego se hundió con las palabras del anciano, su mente se aceleró con pensamientos sobre la profecía y la búsqueda del héroe que tenían por delante. "¿Pero qué podemos hacer?", preguntó, con la voz llena de incertidumbre.

La expresión de Ah Kin se suavizó, una pizca de tristeza parpadeó en sus ojos. —Debes buscar a los Guardianes —dijo—. "Solo ellos tienen el poder de derrotar a la oscuridad y restaurar el equilibrio en el mundo".

Diego y Xibalbá intercambiaron una mirada perpleja, sus mentes se tambaleaban con preguntas. —¿Quiénes son los Guardianes? —preguntó Diego, con una voz apenas superior a un susurro.

Los labios de Ah Kin se curvaron en una sonrisa cómplice. "Son seres antiguos, espíritus de luz y sabiduría que han vigilado este mundo desde el principio de los tiempos", dijo. "Residen en los cuatro rincones de la tierra, esperando que el héroe elegido los despierte de su sueño".

El corazón de Diego dio un vuelco ante la mención de los Guardianes, su mente se aceleró con pensamientos sobre los antiguos seres que tenían la clave para derrotar a la oscuridad. —¿Pero cómo los encontramos? —preguntó, con la voz teñida de desesperación.

La sonrisa de Ah Kin se ensanchó, un rayo de esperanza brilló en sus ojos. "Debes seguir el camino trazado ante ti", dijo. "Confía en tus instintos, y el camino se te revelará".

Con eso, Ah Kin desapareció de nuevo en las sombras, dejando a Diego y Xibalbá solos una vez más en las profundidades del templo. Pero sus palabras permanecieron en sus mentes, llenándolos de un nuevo sentido de propósito y determinación.

Porque sabían que el viaje que les esperaba sería largo y lleno de peligros, pero no estaban solos. Con la guía de los Guardianes y el poder del códice maya a su lado, no se detendrían ante nada para derrotar a la oscuridad y restaurar el equilibrio en el mundo.

Capítulo 8: El camino de las pruebas

Diego y Xibalbá emergieron de las profundidades del antiguo templo, sus mentes se arremolinaban con el peso de la advertencia de Ah Kin y la revelación de los Guardianes. El sol colgaba bajo en el horizonte, proyectando largas sombras sobre el suelo de la selva a medida que se abrían paso a través de la densa maleza.

Mientras caminaban, Diego no podía quitarse de encima la sensación de inquietud que flotaba en el aire. Las palabras de la profecía resonaron en su mente, llenándolo de un sentido de urgencia y propósito. Sabía que estaban al borde de algo trascendental, algo que daría forma al destino del mundo mismo.

Pero antes de que pudieran buscar a los Guardianes, primero tendrían que navegar por la traicionera jungla que se extendía ante ellos. Porque el camino que tenían por delante estaba lleno de peligros, lleno de obstáculos y desafíos que pondrían a prueba su valor y determinación.

A medida que se adentraban en la selva, Diego y Xibalbá se encontraron con una serie de pruebas (físicas, mentales y espirituales) que los llevaron a sus límites y más allá.

La primera prueba llegó en la forma de un río embravecido, cuyas rápidas corrientes amenazaban con arrastrarlos mientras trataban de cruzar al otro lado. Sin un puente a la vista, se vieron obligados a confiar en su ingenio y su fuerza para navegar por las traicioneras aguas.

El corazón de Diego se aceleró mientras se sumergía en las profundidades heladas, el frío del agua mordiendo su piel mientras luchaba contra la poderosa corriente. Pero con la ayuda de Xibalbá, logró llegar a la orilla opuesta, con las extremidades doloridas por el agotamiento, pero el espíritu intacto.

La segunda prueba llegó en forma de un denso matorral de espinas y zarzas, cuyos bordes afilados desgarraban su carne mientras trataban de abrirse camino a través de la maleza enmarañada. Con cada paso, se encontraban con resistencia, su progreso lento y laborioso mientras luchaban por avanzar.

Pero a pesar del dolor y los obstáculos que se interponían en su camino, Diego y Xibalbá siguieron adelante, con una determinación inquebrantable ante la adversidad. Porque sabían que el destino del mundo dependía de su éxito, y no se detendrían ante nada para lograr su objetivo.

La tercera prueba llegó en forma de un imponente acantilado, cuya escarpada cara se elevaba hacia el cielo mientras trataban de escalar sus desalentadoras alturas. Sin puntos de apoyo a la vista, se vieron obligados a confiar en sus habilidades de escalada y su fuerza pura para llegar a la cima.

Los músculos de Diego ardían por el esfuerzo mientras trepaba por la pared del acantilado, con los dedos en carne viva y sangrando por la piedra áspera. Pero con el aliento de Xibalbá, se empujó hasta el límite, su determinación lo impulsó cada vez más hacia arriba hasta que, por fin, llegaron a la cima.

Mientras estaban en la cumbre, con el sol hundiéndose en el horizonte, Diego y Xibalbá intercambiaron una sonrisa cansada. Habían enfrentado las pruebas de la selva y habían salido victoriosos; Su vínculo era más fuerte que nunca mientras se preparaban para enfrentar lo que se avecinaba.

Porque sabían que el camino de las pruebas era solo el comienzo de su viaje, y que la verdadera prueba de su valor y determinación aún estaba por llegar. Pero con el poder del códice maya y la guía de los Guardianes a su lado, estaban listos para enfrentar cualquier desafío que se les presentara y salir victoriosos.

Capítulo 9: El Guardián de Oriente

El sol de la mañana proyectaba un resplandor dorado sobre la selva mientras Diego y Xibalbá se embarcaban en su búsqueda para encontrar a los Guardianes. Se movían con determinación, con pasos firmes y decididos mientras seguían el camino que se les presentaba.

A medida que se adentraban en el corazón de la selva, Diego no podía quitarse de encima la sensación de anticipación que se apoderaba de él. Las palabras de Ah Kin resonaron en su mente, llenándolo de un sentido de urgencia y propósito. Sabía que estaban al borde de algo extraordinario, algo que daría forma al destino del mundo mismo.

Su viaje los llevó a lo más profundo del corazón de la jungla, con el denso follaje cerrándose a su alrededor como una entidad viviente que respira. El aire estaba cargado con los sonidos de la selva: el canto de los pájaros, el parloteo de los monos y el suave susurro de las hojas con la brisa.

De repente, una voz se abrió paso entre la cacofonía de la jungla, un sonido suave y melódico que parecía provenir de algún lugar profundo del bosque. Diego y Xibalbá intercambiaron una mirada perpleja, con los sentidos en alerta máxima mientras seguían el sonido.

A medida que se adentraban en la jungla, la voz se hacía más fuerte, su melodía inquietante los guiaba siempre hacia adelante. Y entonces, por fin, emergieron a un claro, una arboleda sagrada bañada por la luz del sol moteada, cuyos árboles centenarios se elevaban hacia el cielo.

En el centro de la arboleda había una figura: una mujer envuelta en una túnica de un verde brillante, sus ojos brillaban con una luz de otro mundo. Miró a Diego y a Xibalbá con una expresión serena, su presencia llenó el claro con un aura de calma y tranquilidad.

—Soy Itchel —dijo la mujer, su voz como música para los oídos de Diego—. "Guardián de Oriente y guardián del alba".

El corazón de Diego dio un vuelco ante la mención de The Guardian, su mente se llenó de preguntas. —¿Qué quieres de nosotros? —preguntó, su voz apenas superior a un susurro.

Ixchel sonrió, sus ojos brillaban de diversión. —Te he estado observando, Diego —dijo ella—. "Y sé de tu búsqueda para descubrir los secretos del códice maya".

Los ojos de Diego se abrieron de par en par sorprendidos por las palabras de The Guardian. —¿Lo haces? —preguntó, con la voz llena de asombro.

Ixchel asintió, con una sonrisa cómplice en las comisuras de sus labios. —Sí —dijo ella—. "Y creo que ustedes poseen el coraje y la fuerza para triunfar".

El corazón de Diego se llenó de orgullo ante las palabras del Guardián, su determinación renovada por la fe de ella en él. —¿Pero cómo podemos encontrar a los otros Guardianes? —preguntó, con la voz teñida de incertidumbre.

La sonrisa de Itchel se ensanchó, con un brillo travieso en sus ojos. "Cada Guardián está ligado a un elemento diferente de la naturaleza", dijo. "Para encontrarlos, debes buscar los lugares donde su poder es más fuerte".

Diego asintió, su mente se aceleró con posibilidades. —¿Y dónde podemos encontrar al Guardián del Oeste? —preguntó, con voz ansiosa.

Los ojos de Itchel brillaban de diversión. "Debes buscar las aguas del cenote sagrado", dijo. "Allí encontrarás al Guardián del Oeste, esperando para guiarte en tu viaje".

Con un sentido de propósito ardiendo en su corazón, Diego agradeció a Ixchel por su guía y se dio la vuelta para abandonar la arboleda sagrada. Sabía que el viaje que le esperaba sería largo y peligroso, pero con el poder de los Guardianes a su lado, estaba listo para enfrentar cualquier desafío que se le presentara.

A medida que se adentraban en la selva, Diego sintió que una sensación de emoción corría por sus venas. Porque sabía que con cada paso, estaban un paso más cerca de desentrañar los secretos del códice maya y salvar al mundo de la oscuridad que amenazaba con consumirlo. Y con la guía de los Guardianes, nada podía interponerse en su camino.

Capítulo 10: El Cenote del Destino

Diego y Xibalbá se adentraron en el corazón de la selva, con la mente llena de conocimiento de su próximo destino: el cenote sagrado, donde encontrarían al Guardián del Oeste. El aire estaba cargado de humedad, los sonidos de la selva estaban vivos con las llamadas de criaturas exóticas mientras avanzaban en su búsqueda.

Mientras caminaban, Diego no podía quitarse de encima la sensación de anticipación que se apoderaba de él. Las palabras de Ixchel resonaron en su mente, llenándolo de un sentido de propósito y determinación. Sabía que estaban al borde de algo extraordinario, algo que daría forma al destino del mundo mismo.

Su viaje los llevó a través de una densa maleza y senderos sinuosos, con el dosel proyectando sombras moteadas en el suelo del bosque. El aire estaba animado con el aroma del musgo y la tierra húmeda, un recordatorio tangible de la exuberante naturaleza salvaje que los rodeaba.

Por fin, emergieron a un claro, una vasta extensión de color verde esmeralda, salpicada de árboles centenarios y vegetación exuberante. En el centro del claro se alzaba el cenote sagrado, cuyas aguas brillaban a la luz del sol como oro líquido.

El corazón de Diego dio un vuelco al verlo, su respiración se atascó en su garganta por la belleza del lugar. —Esto es todo —susurró, con la voz llena de asombro—.

Xibalbá asintió, con expresión grave. —Sí —dijo—. "Pero debemos andar con cuidado. El cenote es un lugar de gran poder, y el Guardián del Oeste no se revelará a cualquiera".

Con un sentido de reverencia, Diego y Xibalbá se acercaron al borde del cenote, sus ojos escudriñando las aguas cristalinas en busca de cualquier señal de movimiento. Pero la superficie del agua permanecía quieta y en calma, sin revelar ningún indicio del antiguo poder que yacía oculto debajo.

De repente, una onda rompió la superficie del agua, un sonido suave y melodioso que parecía emanar de algún lugar profundo del cenote. Diego y Xibalbá intercambiaron una mirada perpleja, con los sentidos en alerta máxima mientras observaban y esperaban.

Y entonces, de las profundidades del cenote emergió una figura: una mujer vestida con túnicas de color azul brillante, su cabello suelto como plata líquida mientras se deslizaba con gracia hacia ellos. Sus ojos brillaban con una luz de otro mundo, su presencia llenaba el claro con un aura de calma y tranquilidad.

—Soy Chac —dijo la mujer, su voz como música para los oídos de Diego—. "Guardián del Oeste y guardián de las aguas".

El corazón de Diego se llenó de asombro al ver al Guardián, su mente se llenó de preguntas. —¿Qué quieres de nosotros? —preguntó, su voz apenas superior a un susurro.

Chac sonrió, sus ojos brillaban de diversión. —Te he estado esperando, Diego —dijo ella—. "Y sé de tu búsqueda para descubrir los secretos del códice maya".

Los ojos de Diego se abrieron de par en par sorprendidos por las palabras de The Guardian. —¿Lo haces? —preguntó, con la voz llena de asombro.

Chac asintió, su sonrisa se ensanchó ante la expresión de asombro en el rostro de Diego. —Sí —dijo ella—. "Y creo que ustedes poseen el coraje y la determinación para triunfar".

El corazón de Diego se llenó de orgullo ante las palabras del Guardián, su determinación renovada por la fe de ella en él. —¿Pero cómo podemos encontrar a los otros Guardianes? —preguntó, con la voz teñida de incertidumbre.

La sonrisa de Chac se ensanchó, con un brillo travieso en sus ojos. "Cada Guardián está ligado a un elemento diferente de la naturaleza", dijo. "Para encontrarlos, debes buscar los lugares donde su poder es más fuerte".

Diego asintió, su mente se aceleró con posibilidades. —¿Y dónde podemos encontrar al Guardián del Norte? —preguntó, con voz ansiosa.

Los ojos de Chac brillaban de diversión. —Debes buscar los imponentes picos de las montañas sagradas —dijo ella—. "Allí encontrarás al Guardián del Norte, esperando para guiarte en tu viaje."

Con un sentido de propósito ardiendo en su corazón, Diego agradeció a Chac por su guía y se dio la vuelta para abandonar el sagrado cenote. Sabía que el viaje que le esperaba sería largo y peligroso, pero con el poder de los Guardianes a su lado, estaba listo para enfrentar cualquier desafío que se le presentara.

22

A medida que se adentraban en la selva, Diego sintió que una sensación de emoción corría por sus venas. Porque sabía que con cada paso, estaban un paso más cerca de desentrañar los secretos del códice maya y salvar al mundo de la oscuridad que amenazaba con consumirlo. Y con la guía de los Guardianes, nada podía interponerse en su camino.

Capítulo 11: El Guardián del Norte

Diego y Xibalbá se aventuraron fuera del cenote sagrado, con el corazón lleno de un sentido de propósito y determinación, mientras ponían su mirada en el próximo destino: los imponentes picos de las montañas sagradas, donde encontrarían al Guardián del Norte. El aire era fresco y fresco mientras viajaban a través de la densa jungla, los sonidos del bosque animados con los cantos de aves exóticas y el susurro de las hojas con la brisa.

Mientras caminaban, Diego no podía quitarse de encima la sensación de anticipación que se apoderaba de él. Las palabras de Chac resonaron en su mente, llenándolo de una sensación de asombro y asombro. Sabía que estaban al borde de algo extraordinario, algo que daría forma al destino del mundo mismo.

Su viaje los llevó a través de senderos sinuosos y pendientes pronunciadas, el denso follaje dio paso a un terreno rocoso a medida que ascendían más alto en las montañas. El aire se volvía más delgado con cada paso, la temperatura bajaba a medida que se acercaban a la cima.

Por fin, emergieron a una meseta: una vasta extensión de picos nevados y acantilados escarpados, cuyas laderas heladas brillaban a la luz del sol como diamantes en el cielo. En el centro de la meseta se alzaba la entrada a una caverna, unas fauces abiertas en la ladera de la montaña, con las profundidades envueltas en la oscuridad.

El corazón de Diego dio un vuelco al verlo, su respiración se atascó en su garganta por la majestuosidad del lugar. —Esto es todo —susurró, con la voz llena de asombro—.

Xibalbá asintió, con expresión grave. —Sí —dijo—. "Pero debemos andar con cuidado. Las montañas son un lugar de gran peligro, y el Guardián del Norte no se revelará a cualquiera.

Con un sentido de reverencia, Diego y Xibalbá se acercaron a la entrada de la caverna, con sus sentidos en alerta máxima mientras se aventuraban en sus profundidades. El aire era frío y mohoso, y el sonido de sus pasos resonaba en las paredes a medida que se adentraban en la oscuridad.

De repente, una voz rompió el silencio, un sonido profundo y retumbante que parecía emanar de las mismas paredes de la caverna. Diego y Xibalbá intercambiaron una mirada perpleja, con los sentidos en alerta máxima mientras seguían el sonido.

Y entonces, de las sombras emergió una figura: un hombre vestido con pieles y cuero, sus ojos penetrantes en su intensidad mientras miraba a Diego y Xibalbá con una mezcla de curiosidad y sospecha.

—Soy Kukulkán —dijo el hombre, y su voz resonó en la caverna como un trueno—. "Guardián del Norte y guardián de las montañas".

El corazón de Diego se llenó de asombro al ver al Guardián, su mente se llenó de preguntas. —¿Qué quieres de nosotros? —preguntó, su voz apenas superior a un susurro.

Kukulkán los miró con expresión solemne, su mirada penetrante por su intensidad. —Te he estado observando, Diego —dijo—. "Y sé de tu búsqueda para descubrir los secretos del códice maya".

Los ojos de Diego se abrieron de par en par sorprendidos por las palabras de The Guardian. —¿Lo haces? —preguntó, con la voz llena de asombro.

Kukulkán asintió, con una sonrisa cómplice en las comisuras de sus labios. —Sí —dijo—. "Y creo que ustedes poseen el coraje y la fuerza para triunfar".

El corazón de Diego se llenó de orgullo ante las palabras del Guardián, su determinación renovada por su fe en él. —¿Pero cómo podemos encontrar a los otros Guardianes? —preguntó, con la voz teñida de incertidumbre.

La sonrisa de Kukulkán se ensanchó, con un brillo travieso en sus ojos. "Cada Guardián está ligado a un elemento diferente de la naturaleza", dijo. "Para encontrarlos, debes buscar los lugares donde su poder es más fuerte".

Diego asintió, su mente se aceleró con posibilidades. —¿Y dónde podemos encontrar al Guardián del Sur? —preguntó, con voz ansiosa.

Los ojos de Kukulkán brillaban de diversión. —Debes buscar el corazón de la selva sagrada —dijo—. "Allí encontrarás al Guardián del Sur, esperando para guiarte en tu viaje".

Con un sentido de propósito ardiendo en su corazón, Diego agradeció a Kukulkán por su guía y se dio la vuelta para salir de la caverna. Sabía que el viaje que le esperaba sería largo y peligroso, pero con el poder de los Guardianes a su lado, estaba listo para enfrentar cualquier desafío que se le presentara.

A medida que se adentraban en las montañas, Diego sintió que una sensación de emoción corría por sus venas. Porque sabía que con cada paso, estaban un paso más cerca de desentrañar los secretos del códice maya y salvar al mundo de la oscuridad que amenazaba con consumirlo. Y con la guía de los Guardianes, nada podía interponerse en su camino.

Capítulo 12: El Guardián del Sur

Diego y Xibalbá avanzaron; sus espíritus animados por la guía de Kukulkán mientras se aventuraban más profundamente en el corazón de la selva en busca del Guardián del Sur. El aire estaba cargado de humedad, los sonidos del bosque estaban vivos con las llamadas de criaturas exóticas que avanzaban en su búsqueda.

Mientras caminaban, Diego no podía quitarse de encima la sensación de anticipación que se apoderaba de él. Las palabras de Kukulkán resonaron en su mente, llenándolo de una sensación de asombro y asombro. Sabía que estaban al borde de algo extraordinario, algo que daría forma al destino del mundo mismo.

Su viaje los llevó a través de una densa maleza y senderos sinuosos, con el dosel proyectando sombras moteadas en el suelo del bosque. El aire estaba animado con el aroma del musgo y la tierra húmeda, un recordatorio tangible de la exuberante naturaleza salvaje que los rodeaba.

Por fin, emergieron a un claro, una vasta extensión de verde verdoso, salpicada de árboles imponentes y follaje vibrante. En el centro del claro había un templo, una magnífica estructura adornada con intrincadas tallas y coloridos murales, con sus agujas doradas brillando a la luz del sol como faros de esperanza.

El corazón de Diego dio un vuelco al verlo, su respiración se atascó en su garganta por la belleza del lugar. —Esto es todo —susurró, con la voz llena de asombro—.

Xibalbá asintió, con expresión grave. —Sí —dijo—. "Pero debemos andar con cuidado. El templo es un lugar de gran poder, y el Guardián del Sur no se revelará a cualquiera".

Con un sentido de reverencia, Diego y Xibalbá se acercaron a la entrada del templo, con los sentidos en alerta máxima mientras se aventuraban en sus profundidades. El aire era fresco y mohoso, y el sonido de sus pasos resonaba en las paredes a medida que se adentraban en la oscuridad.

De repente, una voz rompió el silencio, un sonido suave y melódico que parecía provenir de algún lugar profundo del templo. Diego y Xibalbá intercambiaron una mirada perpleja, con los sentidos en alerta máxima mientras seguían el sonido.

Y entonces, de las sombras emergió una figura: una mujer vestida con túnicas de color rojo brillante, sus ojos brillando con una luz de otro mundo mientras miraba a Diego y Xibalbá con una mezcla de curiosidad y sospecha.

—Soy Itchel —dijo la mujer, su voz como música para los oídos de Diego—. "Guardián del Sur y guardián de la selva".

El corazón de Diego se llenó de asombro al ver al Guardián, su mente se llenó de preguntas. —¿Qué quieres de nosotros? —preguntó, su voz apenas superior a un susurro.

Ixchel sonrió, sus ojos brillaban de diversión. —Te he estado esperando, Diego —dijo ella—. "Y sé de tu búsqueda para descubrir los secretos del códice maya".

Los ojos de Diego se abrieron de par en par sorprendidos por las palabras de The Guardian. —¿Lo haces? —preguntó, con la voz llena de asombro.

Ixchel asintió, con una sonrisa cómplice en las comisuras de sus labios. —Sí —dijo ella—. "Y creo que ustedes poseen el coraje y la fuerza para triunfar".

El corazón de Diego se llenó de orgullo ante las palabras del Guardián, su determinación renovada por la fe de ella en él. —¿Pero cómo podemos encontrar a los otros Guardianes? —preguntó, con la voz teñida de incertidumbre.

La sonrisa de Itchel se ensanchó, con un brillo travieso en sus ojos. "Cada Guardián está ligado a un elemento diferente de la naturaleza", dijo. "Para encontrarlos, debes buscar los lugares donde su poder es más fuerte".

Diego asintió, su mente se aceleró con posibilidades. —¿Y dónde podemos encontrar al Guardián del Este? —preguntó, con voz ansiosa.

Los ojos de Itchel brillaban de diversión. —Debes buscar la arboleda sagrada —dijo ella—. "Allí encontrarás al Guardián del Este, esperando para guiarte en tu viaje".

Con un sentido de propósito ardiendo en su corazón, Diego agradeció a Ixchel por su guía y se dio la vuelta para abandonar el templo. Sabía que el viaje que le esperaba sería largo y peligroso, pero con el poder de los Guardianes a su lado, estaba listo para enfrentar cualquier desafío que se le presentara.

A medida que se adentraban en la selva, Diego sintió que una sensación de emoción corría por sus venas. Porque sabía que con cada paso, estaban un paso más cerca de desentrañar los secretos del códice maya y salvar al mundo de la oscuridad que amenazaba con consumirlo. Y con la guía de los Guardianes, nada podía interponerse en su camino.

Capítulo 13: La tormenta que se avecina

Diego y Xibalbá salieron del templo sagrado, con el corazón lleno de un sentido de propósito y determinación mientras ponían su mirada en el último Guardián: el Guardián de Oriente. El aire estaba cargado de humedad a medida que se adentraban en la jungla, los sonidos del bosque estaban vivos con las llamadas de criaturas exóticas mientras avanzaban en su búsqueda.

Mientras caminaban, Diego no podía quitarse de encima la sensación de anticipación que se apoderaba de él. Las palabras de Ixchel resonaron en su mente, llenándolo de una sensación de asombro y asombro. Sabía que estaban al borde de algo extraordinario, algo que daría forma al destino del mundo mismo.

Su viaje los llevó a través de una densa maleza y senderos sinuosos, con el dosel proyectando sombras moteadas en el suelo del bosque. El aire estaba animado con el aroma del musgo y la tierra húmeda, un recordatorio tangible de la exuberante naturaleza salvaje que los rodeaba.

Por fin, salieron a un claro, una arboleda sagrada bañada por la luz del sol moteada, con sus árboles centenarios elevándose hacia el cielo. En el centro de la arboleda había una figura: una mujer vestida con túnicas de oro brillante, sus ojos brillando con una luz de otro mundo mientras miraba a Diego y Xibalbá con una mezcla de curiosidad y sospecha.

—Soy Ah Kin —dijo la mujer, su voz como música para los oídos de Diego—. "Guardián de Oriente y guardián del alba".

El corazón de Diego se llenó de asombro al ver al Guardián, su mente se llenó de preguntas. —¿Qué quieres de nosotros? —preguntó, su voz apenas superior a un susurro.

Ah Kin sonrió, sus ojos brillaban de diversión. —Te he estado esperando, Diego —dijo ella—. "Y sé de tu búsqueda para descubrir los secretos del códice maya".

Los ojos de Diego se abrieron de par en par sorprendidos por las palabras de The Guardian. —¿Lo haces? —preguntó, con la voz llena de asombro.

Ah Kin asintió, con una sonrisa cómplice en las comisuras de sus labios. —Sí —dijo ella—. "Y creo que ustedes poseen el coraje y la fuerza para triunfar".

El corazón de Diego se llenó de orgullo ante las palabras del Guardián, su determinación renovada por la fe de ella en él. —¿Pero cómo podemos

30

encontrar a los otros Guardianes? —preguntó, con la voz teñida de incertidumbre.

La sonrisa de Ah Kin se ensanchó, un brillo travieso en sus ojos. "Cada Guardián está ligado a un elemento diferente de la naturaleza", dijo. "Para encontrarlos, debes buscar los lugares donde su poder es más fuerte".

Diego asintió, su mente se aceleró con posibilidades. —¿Y dónde podemos encontrar al Guardián del Centro? —preguntó, con voz ansiosa.

Los ojos de Ah Kin brillaron de diversión. —Debes buscar el corazón de la tierra sagrada —dijo ella—. "Allí encontrarás al Guardián del Centro, esperándote para guiarte en tu viaje."

Con un sentido de propósito ardiendo en su corazón, Diego agradeció a Ah Kin por su guía y se dio la vuelta para abandonar la arboleda sagrada. Sabía que el viaje que le esperaba sería largo y peligroso, pero con el poder de los Guardianes a su lado, estaba listo para enfrentar cualquier desafío que se le presentara.

A medida que se adentraban en la selva, Diego sintió que una sensación de emoción corría por sus venas. Porque sabía que con cada paso, estaban un paso más cerca de desentrañar los secretos del códice maya y salvar al mundo de la oscuridad que amenazaba con consumirlo. Y con la guía de los Guardianes, nada podía interponerse en su camino.

Pero poco sabían que una tormenta se estaba avecinando en el horizonte, una oscuridad mucho más grande que cualquier cosa que hubieran enfrentado antes. Y a medida que se adentraban en el corazón de la selva, pronto se encontrarían cara a cara con el verdadero poder del códice maya y las fuerzas que buscaban controlarlo para sus propios propósitos nefastos.

Capítulo 14: El Corazón de la Tierra Sagrada

Diego y Xibalbá se aventuraron fuera de la arboleda sagrada, con el corazón lleno de un sentido de propósito y determinación, mientras ponían su mirada en el destino final: el corazón de la tierra sagrada, donde encontrarían al Guardián del Centro. El aire estaba cargado de expectación a medida que se adentraban en la jungla, los sonidos del bosque animados por las llamadas de criaturas exóticas a medida que avanzaban en su búsqueda.

Mientras caminaban, Diego no podía quitarse de encima la sensación de inquietud que se apoderaba de él. Las palabras de Ah Kin resonaron en su mente, llenándolo de una sensación de urgencia y temor. Sabía que estaban al borde de algo trascendental, algo que daría forma al destino del mundo mismo.

Su viaje los llevó a través de una densa maleza y senderos sinuosos, con el dosel proyectando sombras moteadas en el suelo del bosque. El aire estaba animado con el aroma del musgo y la tierra húmeda, un recordatorio tangible de la exuberante naturaleza salvaje que los rodeaba.

Por fin, salieron a un claro, una vasta extensión de verde verdoso, salpicada de ruinas antiguas y templos en ruinas. En el centro del claro se alzaba una enorme pirámide, una imponente estructura adornada con intrincadas tallas y coloridos murales, cuyos escalones conducían a un gran altar en la cima.

El corazón de Diego dio un vuelco al verlo, su respiración se atascó en su garganta por la majestuosidad del lugar. —Esto es todo —susurró, con la voz llena de asombro—.

Xibalbá asintió, con expresión grave. —Sí —dijo—. "Pero debemos andar con cuidado. El corazón de la tierra sagrada es un lugar de gran poder, y el Guardián del Centro no se revelará a cualquiera".

Con un sentido de reverencia, Diego y Xibalbá se acercaron a la base de la pirámide, con los sentidos en alerta máxima mientras ascendían sus escalones. El aire se volvió tenso a medida que se dirigían a la cima, el peso de su misión oprimía sobre ellos como una pesada carga.

Por fin, llegaron a la cima de la pirámide, una vasta extensión de piedra y mármol, cuya superficie estaba adornada con intrincadas tallas y elaborados relieves. En el centro de la cumbre se alzaba el altar, una enorme estructura adornada con joyas preciosas y oro reluciente, cuya superficie brillaba a la luz del sol como un faro de esperanza.

Cuando Diego y Xibalbá se acercaron al altar, una sensación de anticipación llenó el aire. Sabían que estaban al borde de algo extraordinario, algo que cambiaría el curso de la historia para siempre.

Y entonces, de las sombras emergió una figura: un hombre vestido con túnicas de color blanco puro, sus ojos brillando con una luz de otro mundo mientras miraba a Diego y Xibalbá con una mezcla de curiosidad y sospecha.

—Soy Itzamná —dijo el hombre, con voz de trueno—. "Guardián del Centro y guardián del equilibrio".

El corazón de Diego se llenó de asombro al ver al Guardián, su mente se llenó de preguntas. —¿Qué quieres de nosotros? —preguntó, su voz apenas superior a un susurro.

Itzamna sonrió, sus ojos brillaban de diversión. —Te he estado esperando, Diego —dijo—. "Y sé de tu búsqueda para descubrir los secretos del códice maya".

Los ojos de Diego se abrieron de par en par sorprendidos por las palabras de The Guardian. —¿Lo haces? —preguntó, con la voz llena de asombro.

Itzamna asintió, con una sonrisa cómplice en las comisuras de sus labios. —Sí —dijo—. "Y creo que ustedes poseen el coraje y la fuerza para triunfar".

El corazón de Diego se llenó de orgullo ante las palabras del Guardián, su determinación renovada por su fe en él. —¿Pero cómo podemos encontrar a los otros Guardianes? —preguntó, con la voz teñida de incertidumbre.

La sonrisa de Itzamna se ensanchó, un brillo travieso en sus ojos. "Cada Guardián está ligado a un elemento diferente de la naturaleza", dijo. "Para encontrarlos, debes buscar los lugares donde su poder es más fuerte".

Diego asintió, su mente se aceleró con posibilidades. —¿Y dónde podemos encontrar al Guardián del Oeste? —preguntó, con voz ansiosa.

Los ojos de Itzamná brillaban de diversión. "Debes buscar las aguas del cenote sagrado", dijo. "Allí encontrarás al Guardián del Oeste, esperando para guiarte en tu viaje".

Con un sentido de propósito ardiendo en su corazón, Diego agradeció a Itzamná por su guía y se dio la vuelta para abandonar la cima de la pirámide. Sabía que el viaje que le esperaba sería largo y peligroso, pero con el poder de los Guardianes a su lado, estaba listo para enfrentar cualquier desafío que se le presentara.

A medida que se adentraban en la selva, Diego sintió que una sensación de emoción corría por sus venas. Porque sabía que con cada paso, estaban un paso más cerca de desentrañar los secretos del códice maya y salvar al mundo de la oscuridad que amenazaba con consumirlo. Y con la guía de los Guardianes, nada podía interponerse en su camino.

Capítulo 15: Las pruebas de los guardianes

Diego y Xibalbá descendieron de la cima de la pirámide, con la mente llena del conocimiento de su próximo destino: el cenote sagrado, donde encontrarían al Guardián del Oeste. El aire estaba cargado de anticipación mientras viajaban a través de la densa jungla, los sonidos del bosque animados con las llamadas de criaturas exóticas a medida que avanzaban en su búsqueda.

Mientras caminaban, Diego no podía quitarse de encima la sensación de aprensión que se apoderaba de él. Las palabras de Itzamná resonaron en su mente, llenándolo de un sentido de urgencia y determinación. Sabía que estaban al borde de algo extraordinario, algo que pondría a prueba su coraje y fuerza hasta el límite.

Su viaje los llevó a través de senderos sinuosos y una densa maleza, con el dosel proyectando sombras moteadas en el suelo del bosque. El aire estaba animado con el aroma del musgo y la tierra húmeda, un recordatorio tangible de la exuberante naturaleza salvaje que los rodeaba.

Por fin, emergieron a un claro, una vasta extensión de color verde esmeralda, salpicada de árboles centenarios y follaje vibrante. En el centro del claro se alzaba el cenote sagrado, cuyas aguas brillaban a la luz del sol como oro líquido.

El corazón de Diego dio un vuelco al verlo, su respiración se atascó en su garganta por la belleza del lugar. —Esto es todo —susurró, con la voz llena de asombro—.

Xibalbá asintió, con expresión grave. —Sí —dijo—. "Pero debemos andar con cuidado. El cenote sagrado es un lugar de gran poder, y el Guardián del Oeste no se revelará a cualquiera".

Con un sentido de reverencia, Diego y Xibalbá se acercaron al borde del cenote, con sus sentidos en alerta máxima mientras escudriñaban las aguas cristalinas en busca de cualquier señal de movimiento. Pero la superficie del agua permanecía quieta y en calma, sin revelar ningún indicio del antiguo poder que yacía oculto debajo.

De repente, una onda rompió la superficie del agua, un sonido suave y melodioso que parecía emanar de algún lugar profundo del cenote. Diego y

Xibalbá intercambiaron una mirada perpleja, con los sentidos en alerta máxima mientras observaban y esperaban.

Y entonces, de las profundidades del cenote emergió una figura: una mujer vestida con túnicas de color azul brillante, su cabello suelto como plata líquida mientras se deslizaba con gracia hacia ellos. Sus ojos brillaban con una luz de otro mundo, su presencia llenaba el claro con un aura de calma y tranquilidad.

—Soy Chac —dijo la mujer, su voz como música para los oídos de Diego—. "Guardián del Oeste y guardián de las aguas".

El corazón de Diego se llenó de asombro al ver al Guardián, su mente se llenó de preguntas. —¿Qué quieres de nosotros? —preguntó, su voz apenas superior a un susurro.

Chac sonrió, sus ojos brillaban de diversión. —Te he estado esperando, Diego —dijo ella—. "Y sé de tu búsqueda para descubrir los secretos del códice maya".

Los ojos de Diego se abrieron de par en par sorprendidos por las palabras de The Guardian. —¿Lo haces? —preguntó, con la voz llena de asombro.

Chac asintió, con una sonrisa cómplice en las comisuras de sus labios. —Sí —dijo ella—. "Y creo que ustedes poseen el coraje y la fuerza para triunfar".

El corazón de Diego se llenó de orgullo ante las palabras del Guardián, su determinación renovada por la fe de ella en él. —¿Pero cómo podemos encontrar a los otros Guardianes? —preguntó, con la voz teñida de incertidumbre.

La sonrisa de Chac se ensanchó, con un brillo travieso en sus ojos. "Cada Guardián está ligado a un elemento diferente de la naturaleza", dijo. "Para encontrarlos, debes buscar los lugares donde su poder es más fuerte".

Diego asintió, su mente se aceleró con posibilidades. —¿Y dónde podemos encontrar al Guardián del Norte? —preguntó, con voz ansiosa.

Los ojos de Chac brillaban de diversión. —Debes buscar los imponentes picos de las montañas sagradas —dijo ella—. "Allí encontrarás al Guardián del Norte, esperando para guiarte en tu viaje."

Con un sentido de propósito ardiendo en su corazón, Diego agradeció a Chac por su guía y se dio la vuelta para abandonar el sagrado cenote. Sabía que el viaje que le esperaba sería largo y peligroso, pero con el poder de los Guardianes a su lado, estaba listo para enfrentar cualquier desafío que se le presentara.

A medida que se adentraban en la selva, Diego sintió que una sensación de emoción corría por sus venas. Porque sabía que con cada paso, estaban un paso más cerca de desentrañar los secretos del códice maya y salvar al mundo de la oscuridad que amenazaba con consumirlo. Y con la guía de los Guardianes, nada podía interponerse en su camino.

Pero no sabían que las pruebas de los Guardianes no habían hecho más que empezar, y que la verdadera prueba de su coraje y fuerza estaba por venir.

Capítulo 16: El Consejo de Guardianes

Diego y Xibalbá viajaron desde el cenote sagrado, sus corazones llenos de un renovado sentido de propósito mientras ponían su mirada en los imponentes picos de las montañas sagradas, el próximo destino en su búsqueda para descubrir los secretos del códice maya. El aire era fresco y fresco a medida que se adentraban en la jungla, los sonidos del bosque estaban vivos con las llamadas de criaturas exóticas a medida que avanzaban en su viaje.

Mientras caminaban, Diego no podía quitarse de encima la sensación de anticipación que se apoderaba de él. Las palabras de Chac resonaron en su mente, llenándolo de una sensación de asombro y determinación. Sabía que estaban al borde de algo extraordinario, algo que daría forma al destino del mundo mismo.

Su viaje los llevó a través de senderos sinuosos y una densa maleza, con el dosel proyectando sombras moteadas en el suelo del bosque. El aire estaba vivo con el aroma de los pinos y el aire fresco de la montaña, un recordatorio tangible de la naturaleza escarpada que los rodeaba.

Por fin, emergieron a una meseta, una vasta extensión de terreno rocoso y picos imponentes, con sus cumbres nevadas brillando a la luz del sol como faros de esperanza. En el centro de la meseta se alzaba la entrada a una caverna, unas fauces abiertas en la ladera de la montaña, con las profundidades envueltas en la oscuridad.

El corazón de Diego dio un vuelco al verlo, su respiración se atascó en su garganta por la majestuosidad del lugar. —Esto es todo —susurró, con la voz llena de asombro—.

Xibalbá asintió, con expresión grave. —Sí —dijo—. "Pero debemos andar con cuidado. Las montañas son un lugar de gran peligro, y el Guardián del Norte no se revelará a cualquiera.

Con un sentido de reverencia, Diego y Xibalbá se acercaron a la entrada de la caverna, con sus sentidos en alerta máxima mientras se aventuraban en sus profundidades. El aire se volvía más frío con cada paso, la temperatura bajaba a medida que se acercaban al corazón de la montaña.

Mientras caminaban, el sonido de sus pasos resonaba en las paredes, sus voces tragadas por la oscuridad que los rodeaba. Pero siguieron adelante, su

38

determinación inquebrantable mientras se aventuraban más profundamente en la caverna.

Y entonces, de las sombras emergió una figura: un hombre vestido con túnicas de piel y cuero, sus ojos penetrantes en su intensidad mientras miraba a Diego y Xibalbá con una mezcla de curiosidad y sospecha.

—Soy Kukulkán —dijo el hombre con voz de trueno—. "Guardián del Norte y guardián de las montañas".

El corazón de Diego se llenó de asombro al ver al Guardián, su mente se llenó de preguntas. —¿Qué quieres de nosotros? —preguntó, su voz apenas superior a un susurro.

Kukulkán sonrió, sus ojos brillaban de diversión. —Te he estado esperando, Diego —dijo—. "Y sé de tu búsqueda para descubrir los secretos del códice maya".

Los ojos de Diego se abrieron de par en par sorprendidos por las palabras de The Guardian. —¿Lo haces? —preguntó, con la voz llena de asombro.

Kukulkán asintió, con una sonrisa cómplice en las comisuras de sus labios. —Sí —dijo—. "Y creo que ustedes poseen el coraje y la fuerza para triunfar".

El corazón de Diego se llenó de orgullo ante las palabras del Guardián, su determinación renovada por su fe en él. —¿Pero cómo podemos encontrar a los otros Guardianes? —preguntó, con la voz teñida de incertidumbre.

La sonrisa de Kukulkán se ensanchó, con un brillo travieso en sus ojos. "Cada Guardián está ligado a un elemento diferente de la naturaleza", dijo. "Para encontrarlos, debes buscar los lugares donde su poder es más fuerte".

Diego asintió, su mente se aceleró con posibilidades. —¿Y dónde podemos encontrar al Guardián del Centro? —preguntó, con voz ansiosa.

Los ojos de Kukulkán brillaban de diversión. —Debes buscar el corazón de la tierra sagrada —dijo—. "Allí encontrarás al Guardián del Centro, esperándote para guiarte en tu viaje."

Con un sentido de propósito ardiendo en su corazón, Diego agradeció a Kukulkán por su guía y se dio la vuelta para salir de la caverna. Sabía que el viaje que le esperaba sería largo y peligroso, pero con el poder de los Guardianes a su lado, estaba listo para enfrentar cualquier desafío que se le presentara.

A medida que se adentraban en las montañas, Diego sintió que una sensación de emoción corría por sus venas. Porque sabía que con cada paso, estaban un paso más cerca de desentrañar los secretos del códice maya y salvar al mundo de la oscuridad que amenazaba con consumirlo. Y con la guía de los Guardianes, nada podía interponerse en su camino.

Pero no sabían que les esperaba un desafío mayor, un desafío que pondría a prueba no solo su fuerza y coraje, sino también su propia voluntad de sobrevivir. Y a medida que se adentraban en el corazón de las montañas, pronto se encontrarían cara a cara con el verdadero poder del códice maya y las fuerzas que buscaban controlarlo para sus propios propósitos nefastos.

Capítulo 17: La prueba del fuego y el hielo

Diego y Xibalbá se aventuraron a salir de la caverna del Guardián del Norte, con el ánimo fortalecido por la guía que habían recibido. Ahora sabían cuál sería su próximo destino: el corazón de la tierra sagrada, donde encontrarían al Guardián del Centro. El aire era fresco y frío mientras viajaban a través de las escarpadas montañas, con la nieve crujiendo bajo sus botas mientras avanzaban en su búsqueda.

Mientras caminaban, Diego no podía quitarse de encima la sensación de anticipación que se apoderaba de él. Las palabras de Kukulkán resonaron en su mente, llenándolo de una sensación de asombro y determinación. Sabía que estaban al borde de algo extraordinario, algo que pondría a prueba su coraje y determinación hasta el límite.

Su viaje los llevó a través de caminos sinuosos y terrenos traicioneros, los imponentes picos de las montañas proyectaban largas sombras sobre el paisaje. El aire se volvía más frío con cada paso, el viento cortante cortaba sus ropas a medida que se acercaban al corazón de la tierra sagrada.

Por fin, emergieron a una meseta: una vasta extensión de tundra helada y acantilados helados, con el paisaje estéril y desolado hasta donde alcanzaba la vista. En el centro de la meseta se alzaba una imponente torre de hielo, una enorme estructura tallada en la tierra congelada, cuya superficie brillaba a la pálida luz de la luna.

El corazón de Diego dio un vuelco al verlo, su respiración se atascó en su garganta por la belleza del lugar. —Esto es todo —susurró, con la voz llena de asombro—.

Xibalbá asintió, con expresión grave. —Sí —dijo—. "Pero debemos andar con cuidado. El corazón de la tierra sagrada es un lugar de gran peligro, y el Guardián del Centro no se revelará a cualquiera."

Con un sentido de reverencia, Diego y Xibalbá se acercaron a la base de la aguja, con los sentidos en alerta máxima mientras escaneaban la superficie helada en busca de cualquier señal de movimiento. Pero la superficie permaneció quieta y silenciosa, sin revelar ningún indicio del antiguo poder que yacía oculto debajo.

De repente, un crujido rompió el silencio, un sonido suave y melódico que parecía provenir de algún lugar profundo de la aguja. Diego y Xibalbá intercambiaron una mirada perpleja, con los sentidos en alerta máxima mientras observaban y esperaban.

Y entonces, de las profundidades de la aguja emergió una figura: una mujer vestida con túnicas de un blanco brillante, su cabello suelto como plata líquida mientras se deslizaba con gracia hacia ellos. Sus ojos brillaban con una luz de otro mundo, su presencia llenaba la meseta con un aura de calma y tranquilidad.

—Soy Itchel —dijo la mujer, su voz como música para los oídos de Diego—. "Guardián del Centro y guardián del equilibrio".

El corazón de Diego se llenó de asombro al ver al Guardián, su mente se llenó de preguntas. —¿Qué quieres de nosotros? —preguntó, su voz apenas superior a un susurro.

Ixchel sonrió, sus ojos brillaban de diversión. —Te he estado esperando, Diego —dijo ella—. "Y sé de tu búsqueda para descubrir los secretos del códice maya".

Los ojos de Diego se abrieron de par en par sorprendidos por las palabras de The Guardian. —¿Lo haces? —preguntó, con la voz llena de asombro.

Ixchel asintió, con una sonrisa cómplice en las comisuras de sus labios. —Sí —dijo ella—. "Y creo que ustedes poseen el coraje y la fuerza para triunfar".

El corazón de Diego se llenó de orgullo ante las palabras del Guardián, su determinación renovada por la fe de ella en él. —¿Pero cómo podemos encontrar a los otros Guardianes? —preguntó, con la voz teñida de incertidumbre.

La sonrisa de Itchel se ensanchó, con un brillo travieso en sus ojos. "Cada Guardián está ligado a un elemento diferente de la naturaleza", dijo. "Para encontrarlos, debes buscar los lugares donde su poder es más fuerte".

Diego asintió, su mente se aceleró con posibilidades. —¿Y dónde podemos encontrar al Guardián del Sur? —preguntó, con voz ansiosa.

Los ojos de Itchel brillaban de diversión. —Debes buscar el corazón de la selva —dijo—. "Allí encontrarás al Guardián del Sur, esperando para guiarte en tu viaje".

Con un sentido de propósito ardiendo en su corazón, Diego agradeció a Ixchel por su guía y se dio la vuelta para abandonar la meseta. Sabía que el viaje

42

que le esperaba sería largo y peligroso, pero con el poder de los Guardianes a su lado, estaba listo para enfrentar cualquier desafío que se le presentara.

A medida que se adentraban en el desierto helado, Diego sintió que una sensación de emoción corría por sus venas. Porque sabía que con cada paso, estaban un paso más cerca de desentrañar los secretos del códice maya y salvar al mundo de la oscuridad que amenazaba con consumirlo. Y con la guía de los Guardianes, nada podía interponerse en su camino.

Pero no sabían que les esperaba un desafío mayor, un desafío que pondría a prueba no solo su fuerza y coraje, sino también su propia voluntad de sobrevivir. Y a medida que se adentraban más en el corazón de la tierra sagrada, pronto se encontrarían cara a cara con el verdadero poder del códice maya y las fuerzas que buscaban controlarlo para sus propios propósitos nefastos.

Capítulo 18: El Guardián del Sur

Diego y Xibalbá descendieron de la meseta helada, con sus mentes zumbando con las revelaciones de su encuentro con el Guardián del Centro. Ahora sabían cuál sería su próximo destino: el corazón de la selva, donde encontrarían al Guardián del Sur. El aire estaba cargado de humedad a medida que se adentraban en el denso follaje, los sonidos de la selva animados por las llamadas de criaturas exóticas a medida que avanzaban en su viaje.

Mientras caminaban, Diego no podía quitarse de encima la sensación de anticipación que se apoderaba de él. Las palabras de Ixchel resonaron en su mente, llenándolo de una sensación de asombro y determinación. Sabía que estaban al borde de algo extraordinario, algo que pondría a prueba su coraje y determinación hasta el límite.

Su viaje los llevó a través de senderos sinuosos y maleza enmarañada, con el dosel de arriba proyectando sombras moteadas en el suelo del bosque. El aire estaba animado con el aroma de la tierra húmeda y la exuberante vegetación, un recordatorio tangible de la vibrante naturaleza que los rodeaba.

Por fin, emergieron a un claro, una vasta extensión de verde verdoso, salpicada de árboles centenarios y follaje vibrante. En el centro del claro había un árbol imponente, una estructura masiva que se elevaba hacia el cielo, cuyas ramas se extendían como un dosel sobre nuestras cabezas.

El corazón de Diego dio un vuelco al verlo, su respiración se atascó en su garganta por la majestuosidad del lugar. —Esto es todo —susurró, con la voz llena de asombro—.

Xibalbá asintió, con expresión grave. —Sí —dijo—. "Pero debemos andar con cuidado. El corazón de la selva es un lugar de gran peligro, y el Guardián del Sur no se revelará a cualquiera.

Con un sentido de reverencia, Diego y Xibalbá se acercaron a la base del árbol, con sus sentidos en alerta máxima mientras escudriñaban el denso follaje en busca de cualquier signo de movimiento. Pero la selva permanecía quieta y silenciosa, sin revelar ningún indicio del antiguo poder que yacía oculto en sus profundidades.

De repente, un susurro rompió el silencio, un sonido suave y melódico que parecía provenir de algún lugar profundo entre el follaje. Diego y Xibalbá intercambiaron una mirada perpleja, con los sentidos en alerta máxima mientras observaban y esperaban.

Y entonces, de las sombras emergió una figura: una mujer vestida con túnicas de un verde vibrante, su cabello suelto como una cascada de hojas esmeralda mientras caminaba con gracia hacia ellas. Sus ojos brillaban con una luz de otro mundo, su presencia llenaba el claro con un aura de calma y tranquilidad.

—Soy Yum Kaax —dijo la mujer, su voz como música para los oídos de Diego—. "Guardián del Sur y guardián de la selva".

El corazón de Diego se llenó de asombro al ver al Guardián, su mente se llenó de preguntas. —¿Qué quieres de nosotros? —preguntó, su voz apenas superior a un susurro.

Yum Kaax sonrió, sus ojos brillaban de diversión. —Te he estado esperando, Diego —dijo ella—. "Y sé de tu búsqueda para descubrir los secretos del códice maya".

Los ojos de Diego se abrieron de par en par sorprendidos por las palabras de The Guardian. —¿Lo haces? —preguntó, con la voz llena de asombro.

Yum Kaax asintió, con una sonrisa cómplice en las comisuras de sus labios. —Sí —dijo ella—. "Y creo que ustedes poseen el coraje y la fuerza para triunfar".

El corazón de Diego se llenó de orgullo ante las palabras del Guardián, su determinación renovada por la fe de ella en él. —¿Pero cómo podemos encontrar a los otros Guardianes? —preguntó, con la voz teñida de incertidumbre.

La sonrisa de Yum Kaax se ensanchó, un brillo travieso en sus ojos. "Cada Guardián está ligado a un elemento diferente de la naturaleza", dijo. "Para encontrarlos, debes buscar los lugares donde su poder es más fuerte".

Diego asintió, su mente se aceleró con posibilidades. —¿Y dónde podemos encontrar al Guardián del Este? —preguntó, con voz ansiosa.

Los ojos de Yum Kaax brillaban de diversión. —Debes buscar las antiguas ruinas de la ciudad sagrada —dijo ella—. "Allí encontrarás al Guardián del Este, esperando para guiarte en tu viaje".

Con un sentido de propósito ardiendo en su corazón, Diego agradeció a Yum Kaax por su guía y se dio la vuelta para salir del claro. Sabía que el viaje que le esperaba sería largo y peligroso, pero con el poder de los Guardianes a su lado, estaba listo para enfrentar cualquier desafío que se le presentara.

A medida que se adentraban en la selva, Diego sintió que una sensación de emoción corría por sus venas. Porque sabía que con cada paso, estaban un paso más cerca de desentrañar los secretos del códice maya y salvar al mundo de la oscuridad que amenazaba con consumirlo. Y con la guía de los Guardianes, nada podía interponerse en su camino.

Pero no sabían que les esperaba un desafío mayor, un desafío que pondría a prueba no solo su fuerza y coraje, sino también su propia voluntad de sobrevivir. Y a medida que se adentraban en el corazón de la selva, pronto se encontrarían cara a cara con el verdadero poder del códice maya y las fuerzas que buscaban controlarlo para sus propios propósitos nefastos.

Capítulo 19: Las antiguas ruinas de Tikal

Diego y Xibalbá se aventuraron desde el corazón de la selva, con el ánimo levantado por su encuentro con el Guardián del Sur. Ahora sabían cuál sería su próximo destino: las antiguas ruinas de Tikal, donde encontrarían al Guardián del Este. El aire estaba cargado de anticipación mientras viajaban a través del denso follaje, los sonidos de la selva animados con las llamadas de criaturas exóticas mientras avanzaban en su búsqueda.

Mientras caminaban, Diego no podía quitarse de encima la sensación de emoción que se apoderaba de él. Las palabras de Yum Kaax resonaron en su mente, llenándolo de una sensación de asombro y determinación. Sabía que estaban al borde de algo extraordinario, algo que pondría a prueba su coraje y determinación hasta el límite.

Su viaje los llevó a través de senderos sinuosos y maleza enmarañada, los imponentes árboles de la selva proyectaban largas sombras sobre el paisaje. El aire estaba animado con el aroma de la tierra húmeda y la exuberante vegetación, un recordatorio tangible de la vibrante naturaleza que los rodeaba.

Por fin, salieron a un claro, una vasta extensión de verde verdoso, salpicada de ruinas antiguas y templos en ruinas. En el centro del claro se alzaba una enorme pirámide, una imponente estructura adornada con intrincadas tallas y coloridos murales, cuyos escalones conducían a un gran altar en la cima.

El corazón de Diego dio un vuelco al verlo, su respiración se atascó en su garganta por la majestuosidad del lugar. —Esto es todo —susurró, con la voz llena de asombro—.

Xibalbá asintió, con expresión grave. —Sí —dijo—. "Pero debemos andar con cuidado. Las antiguas ruinas de Tikal son un lugar de gran peligro, y el Guardián de Oriente no se revelará a cualquiera.

Con un sentido de reverencia, Diego y Xibalbá se acercaron a la base de la pirámide, con los sentidos en alerta máxima mientras ascendían sus escalones. El aire se volvió tenso a medida que se dirigían a la cima, el peso de su misión oprimía sobre ellos como una pesada carga.

Por fin, llegaron a la cima de la pirámide, una vasta extensión de piedra y mármol, cuya superficie estaba adornada con intrincadas tallas y elaborados relieves. En el centro de la cumbre se alzaba el altar, una enorme estructura adornada con joyas preciosas y oro reluciente, cuya superficie brillaba a la luz del sol como un faro de esperanza.

Cuando Diego y Xibalbá se acercaron al altar, una sensación de anticipación llenó el aire. Sabían que estaban al borde de algo extraordinario, algo que cambiaría el curso de la historia para siempre.

Y entonces, de las sombras emergió una figura: un hombre vestido con túnicas de un rojo vibrante, sus ojos brillando con una luz de otro mundo mientras miraba a Diego y Xibalbá con una mezcla de curiosidad y sospecha.

—Soy Ah Puch —dijo el hombre, con voz de trueno—. "Guardián de Oriente y guardián del conocimiento antiguo".

El corazón de Diego se llenó de asombro al ver al Guardián, su mente se llenó de preguntas. —¿Qué quieres de nosotros? —preguntó, su voz apenas superior a un susurro.

Ah Puch sonrió, sus ojos brillaban de diversión. —Te he estado esperando, Diego —dijo—. "Y sé de tu búsqueda para descubrir los secretos del códice maya".

Los ojos de Diego se abrieron de par en par sorprendidos por las palabras de The Guardian. —¿Lo haces? —preguntó, con la voz llena de asombro.

Ah Puch asintió, con una sonrisa cómplice en las comisuras de sus labios. —Sí —dijo—. "Y creo que ustedes poseen el coraje y la fuerza para triunfar".

El corazón de Diego se llenó de orgullo ante las palabras del Guardián, su determinación renovada por su fe en él. —¿Pero cómo podemos encontrar al Guardián del Oeste? —preguntó, con la voz teñida de incertidumbre.

La sonrisa de Puch se ensanchó, un brillo travieso en sus ojos. "Debes buscar las aguas del cenote sagrado", dijo. "Allí encontrarás al Guardián del Oeste, esperando para guiarte en tu viaje".

Con un sentido de propósito ardiendo en su corazón, Diego agradeció a Ah Puch por su guía y se dio la vuelta para abandonar la cima de la pirámide. Sabía que el viaje que le esperaba sería largo y peligroso, pero con el poder de los Guardianes a su lado, estaba listo para enfrentar cualquier desafío que se le presentara.

A medida que se adentraban en la selva, Diego sintió que una sensación de emoción corría por sus venas. Porque sabía que con cada paso, estaban un paso más cerca de desentrañar los secretos del códice maya y salvar al mundo de

48

la oscuridad que amenazaba con consumirlo. Y con la guía de los Guardianes, nada podía interponerse en su camino.

Pero no sabían que les esperaba un desafío mayor, un desafío que pondría a prueba no solo su fuerza y coraje, sino también su propia voluntad de sobrevivir. Y a medida que se adentraban en el corazón de la selva, pronto se encontrarían cara a cara con el verdadero poder

Capítulo 20: Los guardianes se unen

Diego y Xibalbá partieron de las antiguas ruinas de Tikal, con el corazón lleno de determinación y la mente enfocada en su próximo destino: el cenote sagrado, donde encontrarían al Guardián del Oeste. El aire estaba cargado de anticipación mientras caminaban a través de la densa jungla, los sonidos del bosque resonaban a su alrededor mientras avanzaban en su búsqueda.

Mientras viajaban, Diego no podía quitarse de encima la sensación de emoción que lo recorría. Las palabras de Ah Puch permanecieron en su mente, llenándolo de un sentido de propósito y determinación. Sabía que estaban al borde de algo monumental, algo que marcaría el destino del mundo.

Su camino los llevó a través de senderos sinuosos y enredaderas enmarañadas, con el dosel de arriba proyectando sombras moteadas en el suelo del bosque. El aire estaba cargado con el aroma del musgo y la humedad, un recordatorio de la exuberante e indómita naturaleza salvaje que los rodeaba.

Por fin, emergieron a un claro, una vasta extensión de verde vibrante, puntuada por la superficie brillante del cenote sagrado. El agua era cristalina, reflejando el cielo azul y los imponentes árboles que la rodeaban.

El corazón de Diego dio un vuelco al verlo, su respiración se atascó en su garganta por la belleza del lugar. —Esto es todo —susurró, con la voz llena de asombro—.

Xibalbá asintió, con expresión grave. —Sí —dijo—. "Pero debemos andar con cuidado. El cenote sagrado es un lugar de gran poder, y el Guardián del Oeste no se revelará a cualquiera".

Con un sentido de reverencia, Diego y Xibalbá se acercaron al borde del cenote, con los sentidos en alerta máxima mientras contemplaban sus profundidades. El agua estaba quieta y silenciosa, sin revelar ningún indicio de los antiguos secretos que yacían ocultos bajo su superficie.

De repente, una onda rompió la quietud, un sonido suave y melodioso que parecía provenir de algún lugar profundo del cenote. Diego y Xibalbá intercambiaron una mirada cómplice, sus corazones acelerados con anticipación mientras observaban y esperaban.

Y entonces, de las profundidades emergió una figura: una mujer vestida con túnicas de un azul brillante, su cabello suelto como plata líquida mientras se elevaba con gracia del agua. Sus ojos brillaban con una luz de otro mundo, su presencia llenaba el claro con un aura de calma y tranquilidad.

—Soy Ix Chel —dijo la mujer, su voz como música para los oídos de Diego—. "Guardián del Oeste y guardián de las aguas".

El corazón de Diego se llenó de asombro al ver al Guardián, su mente se llenó de preguntas. —¿Qué quieres de nosotros? —preguntó, su voz apenas superior a un susurro.

Ix Chel sonrió, sus ojos brillaban de diversión. —Te he estado esperando, Diego —dijo ella—. "Y sé de tu búsqueda para descubrir los secretos del códice maya".

Los ojos de Diego se abrieron de par en par sorprendidos por las palabras de The Guardian. —¿Lo haces? —preguntó, con la voz llena de asombro.

Ix Chel asintió, con una sonrisa cómplice en las comisuras de sus labios. —Sí —dijo ella—. "Y creo que ustedes poseen el coraje y la fuerza para triunfar".

El corazón de Diego se llenó de orgullo ante las palabras del Guardián, su determinación renovada por la fe de ella en él. —¿Pero cómo podemos encontrar a los otros Guardianes? —preguntó, con la voz teñida de incertidumbre.

La sonrisa de Ix Chel se ensanchó, un brillo travieso en sus ojos. "Ha llegado el momento de que los Guardianes se unan", dijo. "Juntos, deben viajar al Templo del Sol, un lugar de gran poder, donde se decidirá el destino del mundo".

Con un sentido de propósito ardiendo en su corazón, Diego agradeció a Ix Chel por su guía y se dio la vuelta para abandonar el sagrado cenote. Sabía que el viaje que le esperaba sería largo y peligroso, pero con el poder de los Guardianes a su lado, estaba listo para enfrentar cualquier desafío que se le presentara.

A medida que se adentraban en la selva, Diego sintió que una sensación de emoción corría por sus venas. Porque sabía que con cada paso, estaban un paso más cerca de desentrañar los secretos del códice maya y salvar al mundo de la oscuridad que amenazaba con consumirlo. Y con la guía de los Guardianes, nada podía interponerse en su camino.

Pero no sabían que les esperaba un desafío mayor, un desafío que pondría a prueba no solo su fuerza y coraje, sino también su propia voluntad de sobrevivir. Y mientras viajaban hacia el Templo del Sol, pronto se encontrarían cara a cara con el verdadero poder del códice maya y las fuerzas que buscaban controlarlo para sus propios propósitos nefastos.

Capítulo 21: El Templo del Sol

Diego y Xibalbá prosiguieron su viaje; el peso de su misión pesaba sobre sus hombros mientras se acercaban al Templo del Sol. El aire crepitaba con anticipación mientras navegaban a través del denso follaje y el terreno traicionero, con sus corazones llenos de determinación para descubrir la verdad oculta dentro de la antigua estructura.

A medida que se adentraban en la selva, los sonidos del bosque se silenciaban, dando paso a una quietud espeluznante que parecía envolverlos como un sudario. El templo se alzaba ante él, con sus imponentes agujas que se elevaban hacia el cielo, proyectando largas sombras sobre el paisaje.

El corazón de Diego se aceleró de emoción mientras se acercaban a la entrada, con el aliento entrecortado en la garganta al ver la imponente estructura. —Esto es todo —susurró, su voz apenas audible por encima del susurro del viento—.

Xibalbá asintió, con expresión grave. —Sí —dijo—. "Pero debemos proceder con cautela. El Templo del Sol es un lugar de gran poder, y no sabemos qué peligros acechan en su interior.

Con una sensación de inquietud, Diego y Xibalbá atravesaron la entrada del templo, con los sentidos en alerta máxima mientras navegaban por sus laberínticos corredores. El aire estaba cargado con el aroma del incienso y la piedra antigua, un recordatorio tangible de la sacralidad del lugar.

A medida que se adentraban en el templo, se encontraron con intrincadas tallas y elaborados murales que adornaban las paredes, representando escenas de antiguos rituales y seres celestiales. Cada paso adelante los acercaba más al corazón del templo, donde esperaban descubrir la verdad que los había eludido durante tanto tiempo.

Por fin, llegaron a la cámara central, una vasta extensión de mármol y oro, adornada con estatuas y altares dedicados al dios sol. En el centro de la cámara había una plataforma elevada, sobre la que descansaba un pedestal envuelto en sombras.

El corazón de Diego latía con anticipación mientras se acercaba al pedestal, sus manos temblaban cuando extendió la mano para tocar su superficie.

52

Cuando sus dedos entraron en contacto con la fría piedra, una oleada de energía lo recorrió, llenándolo de una sensación de poder y propósito.

De repente, la cámara se llenó de una luz cegadora, iluminando la oscuridad y bañando todo con su brillo dorado. Diego se protegió los ojos del resplandor, su corazón se aceleró con una mezcla de miedo y asombro.

Y entonces, de las profundidades de la cámara emergió una figura: un hombre vestido con túnicas de oro brillante, sus ojos brillando con una luz de otro mundo mientras miraba a Diego y Xibalbá con una mezcla de curiosidad y diversión.

—Soy Kinich Ahau —dijo el hombre, con voz de trueno—. "Guardián del Sol y guardián del equilibrio celestial".

El corazón de Diego se llenó de asombro al ver al Guardián, su mente se llenó de preguntas. —¿Qué quieres de nosotros? —preguntó, su voz apenas superior a un susurro.

Kinich Ahau sonrió, sus ojos brillaban de diversión. —Te he estado esperando, Diego —dijo—. "Y sé de tu búsqueda para descubrir los secretos del códice maya".

Los ojos de Diego se abrieron de par en par sorprendidos por las palabras de The Guardian. —¿Lo haces? —preguntó, con la voz llena de asombro.

Kinich Ahau asintió, con una sonrisa cómplice en las comisuras de sus labios. —Sí —dijo—. "Y creo que ustedes poseen el coraje y la fuerza para triunfar".

El corazón de Diego se llenó de orgullo ante las palabras del Guardián, su determinación renovada por su fe en él. "¿Pero cómo podemos detener la oscuridad que amenaza con consumir el mundo?", preguntó, con la voz teñida de incertidumbre.

La sonrisa de Kinich Ahau se ensanchó, un brillo travieso en sus ojos. "Ha llegado el momento de que los Guardianes se unan", dijo. "Juntos, deben desbloquear el poder del códice maya y restaurar el equilibrio de los reinos celestiales".

Con un sentido de propósito ardiendo en su corazón, Diego agradeció a Kinich Ahau por su guía y se dio la vuelta para salir de la cámara central del templo. Sabía que el viaje que le esperaba sería largo y peligroso, pero con el poder de los Guardianes a su lado, estaba listo para enfrentar cualquier desafío que se le presentara.

A medida que se adentraban en el templo, Diego sintió que una sensación de emoción corría por sus venas. Porque sabía que con cada paso, estaban un paso más cerca de desentrañar los secretos del códice maya y salvar al mundo de la oscuridad que amenazaba con consumirlo. Y con la guía de los Guardianes, nada podía interponerse en su camino.

Pero no sabían que les esperaba un desafío mayor, un desafío que pondría a prueba no solo su fuerza y coraje, sino también su propia voluntad de sobrevivir. Y a medida que se adentraban en el corazón del templo, pronto se encontrarían cara a cara con el verdadero poder del códice maya y las fuerzas que buscaban controlarlo para sus propios fines nefastos.

Capítulo 22: La confrontación final

Diego y Xibalbá salieron del Templo del Sol; sus corazones pesados con el peso de su nuevo conocimiento. Sabían que su viaje estaba lejos de terminar, y que el destino del mundo aún pendía de un hilo. Con la determinación ardiendo en sus corazones, partieron una vez más, sus mentes enfocadas en la tarea que tenían por delante.

A medida que se adentraban en la jungla, el aire se llenaba de tensión, los sonidos del bosque se silenciaban a su alrededor. El peso de su misión oprimía sobre ellos como una pesada carga, sus mentes se aceleraban con el conocimiento de lo que les esperaba.

Por fin, llegaron al borde de un vasto claro, un paisaje desolado salpicado de ruinas antiguas y estructuras desmoronadas. En el centro del claro se alzaba una enorme pirámide, una imponente estructura que parecía elevarse hacia el cielo, y su sombra ensombrecía el paisaje.

El corazón de Diego se hundió al verlo, su respiración se atascó en su garganta por la magnitud del lugar. —Esto es todo —susurró, su voz apenas audible por encima del susurro del viento—.

Xibalbá asintió; Su expresión sombría. —Sí —dijo—. "Pero debemos proceder con cautela. La confrontación final nos espera, y no sabemos qué peligros nos esperan".

Con una sensación de inquietud, Diego y Xibalbá se acercaron a la base de la pirámide, con los sentidos en alerta máxima mientras ascendían sus escalones. El aire se volvió denso con el aroma de la piedra antigua y la decadencia, un recordatorio tangible de la oscuridad que acechaba en su interior.

Al llegar a la cima de la pirámide, se encontraron frente a un enorme altar, una imponente estructura adornada con intrincadas tallas y elaborados símbolos. En el centro del altar había un pedestal, un objeto oscuro y ominoso que parecía palpitar con una energía malévola.

El corazón de Diego latía con fuerza en su pecho mientras se acercaba al pedestal, sus manos temblaban de miedo y anticipación. Cuando extendió la mano para tocar su superficie, una oleada de poder lo recorrió, llenándolo de una sensación de temor y premonición.

Y entonces, de las sombras emergió una figura: un hombre vestido con túnicas del negro más negro, sus ojos brillando con una luz de otro mundo mientras miraba a Diego y Xibalbá con una mezcla de desprecio y diversión.

—Soy Camazotz —dijo el hombre con voz de trueno—. "Guardián de las tinieblas y heraldo de la destrucción".

El corazón de Diego se hundió al ver la figura oscura, su mente se aceleró con miedo e incertidumbre. —¿Qué quieres de nosotros? —preguntó, su voz apenas superior a un susurro.

Camazotz sonrió, sus ojos brillaban con malicia. —Te he estado esperando, Diego —dijo—. "Y sé de tu búsqueda para descubrir los secretos del códice maya".

Los ojos de Diego se abrieron de par en par con horror ante las palabras de The Guardian. —¿Lo haces? —preguntó, con la voz temblorosa por el miedo.

Camazotz asintió, con una sonrisa cruel en las comisuras de sus labios. —Sí —dijo—. "Y no me detendré ante nada para asegurarme de que fracases".

Con una sensación de temor que pesaba mucho en su corazón, Diego supo que el enfrentamiento final había comenzado. Él y Xibalbá tendrían que reunir toda su fuerza y coraje si querían derrotar a la oscuridad que amenazaba con consumirlos.

Mientras Camazotz avanzaba hacia ellos, con los ojos encendidos de odio, Diego y Xibalbá se prepararon para la batalla. Con el destino del mundo pendiendo de un hilo, sabían que no podían permitirse el lujo de fracasar.

Y así, con un feroz grito de guerra, cargaron hacia adelante para encontrarse con su destino de frente, listos para enfrentar cualquier desafío que se les presentara en su búsqueda para salvar al mundo de las fuerzas de la oscuridad.

Capítulo 23: La luz interior

Diego y Xibalbá se mantuvieron firmes ante Camazotz; Sus corazones se llenaron de determinación mientras se preparaban para enfrentar la oscuridad que amenazaba con consumirlos. El aire crepitaba de tensión mientras se enfrentaban a su enemigo, con el peso de su misión presionándolos como una pesada capa.

Con un feroz grito de guerra, Diego y Xibalbá cargaron hacia adelante, sus espadas brillando a la luz del sol mientras se enfrentaban a Camazotz. El sonido del acero contra el acero resonó en el claro, mezclándose con los rugidos de rabia y dolor mientras luchaban con todas sus fuerzas.

Pero Camazotz era un oponente formidable, su fuerza y poder no tenían parangón con ninguno a los que se hubieran enfrentado antes. Con cada golpe que asestaba, Diego y Xibalbá sentían que los empujaban hacia atrás, la oscuridad amenazaba con abrumarlos a cada paso.

Mientras luchaban, Diego sintió una oleada de miedo que lo recorría, amenazando con paralizarlo con dudas e incertidumbre. Pero en el fondo de su corazón, sabía que no podía darse el lujo de ceder, ni ahora, ni nunca.

Con un renovado sentido de determinación, Diego invocó el poder de los Guardianes, canalizando su fuerza y coraje en cada uno de sus movimientos. Con cada golpe de su espada, sentía que la oscuridad comenzaba a retroceder, la luz de la esperanza brillaba cada vez más dentro de él.

A su lado, Xibalbá luchaba con una ferocidad nacida de la desesperación, cada uno de sus movimientos alimentado por el conocimiento de que el fracaso no era una opción. Con cada golpe que asestaba, sentía que el peso de sus pecados pasados se levantaba de sus hombros, reemplazado por un sentido de redención y propósito.

Pero aún así, Camazotz siguió luchando, su fuerza parecía inagotable mientras buscaba aplastar a Diego y Xibalbá bajo su talón. Con cada momento que pasaba, la batalla se volvía más intensa, el destino del mundo pendía de un hilo mientras luchaban por sus propias vidas.

Y entonces, en un destello de luz cegadora, el rumbo de la batalla cambió. Con un último golpe desesperado, Diego y Xibalbá mataron a Camazotz, sus espadas atravesaron su oscuro corazón y lo desterraron del mundo para siempre.

A medida que la oscuridad se desvanecía, Diego y Xibalbá salieron victoriosos, con sus corazones llenos de alivio y gratitud. La batalla estaba ganada, pero su viaje estaba lejos de terminar. Con el poder de los Guardianes a su lado, continuarían luchando por la luz, asegurándose de que la oscuridad nunca más amenazara con consumir el mundo.

Y así, con la cabeza en alto y el corazón lleno de esperanza, Diego y Xibalbá partieron una vez más, con el ánimo animado por el conocimiento de que tenían el poder de forjar su propio destino y llevar la luz incluso a los lugares más oscuros. Porque sabían que mientras hubiera luz dentro de ellos, las tinieblas nunca prevalecerían.

Capítulo 24: El regreso a casa

Con Camazotz derrotado y la oscuridad desterrada, Diego y Xibalbá salieron victoriosos de la confrontación final, con el corazón lleno de una sensación de alivio y triunfo. Pero su viaje aún no estaba completo, porque aún quedaba mucho trabajo por hacer después de su batalla.

A medida que regresaban a través de la selva, el aire parecía más ligero, los sonidos del bosque animados con el parloteo de los pájaros y el susurro de las hojas. El peso de su misión se había levantado, reemplazado por una sensación de paz y esperanza para el futuro.

Mientras caminaban, Diego no pudo evitar reflexionar sobre todo lo que habían pasado: las pruebas y tribulaciones, las batallas libradas y ganadas, las amistades forjadas y probadas en el camino. Había sido un viaje largo y arduo, pero que finalmente los había llevado a la victoria.

A su lado, Xibalbá caminaba con una tranquila determinación, con los pensamientos vueltos hacia el futuro y los retos que tenía por delante. Sabía que su trabajo estaba lejos de terminar y que tendrían que permanecer vigilantes ante las nuevas amenazas que pudieran surgir.

Por fin, emergieron de la selva, las vistas y los sonidos familiares de su aldea los saludaron como a un viejo amigo. El sol se ponía en el horizonte, proyectando un resplandor cálido y dorado sobre el paisaje mientras se dirigían a sus casas.

A medida que se acercaban a la plaza del pueblo, fueron recibidos con vítores y aplausos de los aldeanos, que se habían reunido para darles la bienvenida a casa. El corazón de Diego se llenó de orgullo al verlo, sus ojos brillaban de emoción mientras contemplaba los rostros de aquellos a quienes había luchado tanto por proteger.

Pero en medio de las celebraciones, había una sensación de solemnidad, un reconocimiento de los sacrificios que se habían hecho y de los desafíos que aún quedaban por delante. Porque aunque Camazotz había sido derrotado, todavía había muchos que buscaban traer la oscuridad y el caos al mundo.

Al caer la noche sobre el pueblo, Diego y Xibalbá se reunieron con sus amigos y seres queridos alrededor de un fuego crepitante, con el corazón lleno de gratitud por todo lo que habían pasado y todo lo que habían superado.

Sabían que el camino que tenían por delante no sería fácil, pero con el apoyo mutuo y la fuerza de sus convicciones, estaban listos para enfrentar cualquier desafío que se les presentara.

Y así, mientras estaban sentados bajo el cielo estrellado, rodeados por el calor y el amor de su comunidad, Diego y Xibalbá hicieron un voto solemne: continuar su lucha por la paz y la justicia, proteger al mundo de las fuerzas de la oscuridad y asegurarse de que la luz de la esperanza siempre brille. Porque sabían que mientras permanecieran unidos, podrían superar cualquier obstáculo y triunfar sobre cualquier adversidad. Y con ese conocimiento en sus corazones, abrazaron el futuro con los brazos abiertos, listos para enfrentar cualquier aventura que les apareciera en su viaje a casa.

Capítulo 25: Nuevos comienzos

Al amanecer en el pueblo, Diego y Xibalbá despertaron con un sentido de propósito y determinación renovados. Los acontecimientos del día anterior los habían dejado sintiéndose vigorizados, listos para enfrentar cualquier desafío que se les presentara en su viaje hacia adelante.

Con un sentido de anticipación, se abrieron paso por el pueblo, saludando a sus amigos y vecinos con sonrisas y risas. El aire estaba lleno de una sensación de esperanza y optimismo, un recordatorio tangible de la resistencia del espíritu humano.

Mientras caminaban, Diego no pudo evitar sentir gratitud por todo lo que habían pasado: las pruebas y tribulaciones, las amistades forjadas y probadas, las victorias obtenidas y las pérdidas lamentadas. Había sido un viaje largo y difícil, pero que finalmente los había llevado a este momento, un momento de nuevos comienzos e infinitas posibilidades.

A su lado, Xibalbá caminaba con una tranquila determinación, sus ojos brillaban con un sentido de propósito mientras miraba hacia el futuro. Sabía que su labor estaba lejos de haber terminado y que tendrían que permanecer vigilantes ante los nuevos desafíos que pudieran surgir.

Al llegar a las afueras de la aldea, se encontraron con una figura familiar: una anciana sabia llamada Ixchel, que les había servido de mentora y guía durante todo su viaje. Sus ojos brillaban con sabiduría mientras los saludaba, su voz llena de calidez y amabilidad.

—Hijos míos —dijo ella, con voz suave pero firme—. "Has enfrentado muchas pruebas y tribulaciones en tu viaje, pero has emergido más fuerte y más sabio por ello. Ahora, al mirar hacia el futuro, recuerden que el camino por delante puede estar lleno de obstáculos, pero con coraje y determinación, los superarán todos".

Diego y Xibalbá asintieron; sus corazones se llenaron de gratitud por las sabias palabras de Ixchel. Sabían que el camino por delante no sería fácil, pero también sabían que tenían la fuerza y la resiliencia para enfrentar cualquier desafío que se les presentara.

Con un sentido de propósito ardiendo en sus corazones, Diego y Xibalbá partieron una vez más, sus mentes enfocadas en la tarea que tenían por delante.

Sabían que el viaje sería largo y difícil, pero también sabían que no estarían solos, que se tenían el uno al otro, y el apoyo de sus amigos y seres queridos, para guiarlos en el camino.

A medida que se aventuraban en lo desconocido, Diego sintió una sensación de emoción que lo recorría, una sensación de aventura y posibilidad que lo llenó de esperanza para el futuro. Sabía que el camino por delante estaría lleno de giros y vueltas, pero también sabía que con cada paso adelante, estarían un paso más cerca de hacer realidad sus sueños.

Y así, con la frente en alto y el corazón lleno de esperanza, Diego y Xibalbá emprendieron su nuevo viaje, listos para enfrentar cualquier desafío que se les presentara con coraje y determinación. Porque sabían que mientras permanecieran unidos, podrían superar cualquier obstáculo y triunfar sobre cualquier adversidad. Y con ese conocimiento en sus corazones, abrazaron el futuro con los brazos abiertos, listos para embarcarse en el siguiente capítulo de su aventura.

Capítulo 26: El camino por delante

Diego y Xibalbá siguieron adelante, sus espíritus animados por el sentido de propósito y determinación que llenaba sus corazones. Mientras caminaban, se encontraron rodeados por la belleza del mundo que los rodeaba: los colores vibrantes del bosque, el suave susurro de las hojas en la brisa, el canto lejano de los pájaros que resonaba en el aire.

Con cada paso adelante, Diego sentía que una sensación de anticipación crecía dentro de él, una sensación de emoción por las aventuras que se avecinaban y los misterios que esperaban ser descubiertos. Sabía que su viaje estaba lejos de terminar, pero también sabía que tenían la fuerza y la resiliencia para enfrentar cualquier desafío que se les presentara.

A su lado, Xibalbá caminaba con tranquila determinación, sus ojos escudriñando el horizonte en busca de cualquier señal de peligro. Sabía que su camino no sería fácil, pero también sabía que antes se habían enfrentado a mayores desafíos y habían salido victoriosos. Con cada momento que pasaba, sentía una sensación de orgullo por lo lejos que habían llegado, y una sensación de esperanza por el futuro que le esperaba.

A medida que caminaban, se encontraban reflexionando sobre los acontecimientos de su viaje: las pruebas y tribulaciones, las amistades forjadas y probadas, las victorias obtenidas y las pérdidas lamentadas. Había sido un camino largo y difícil, pero uno que finalmente los había llevado a este momento, un momento de claridad y propósito, mientras miraban hacia el camino que tenían por delante con renovada determinación.

A medida que se aventuraban más profundamente en lo desconocido, Diego sintió que una sensación de emoción crecía dentro de él, una sensación de aventura y posibilidad que lo llenó de esperanza para el futuro. Sabía que el camino por delante estaría lleno de giros y vueltas, pero también sabía que con cada paso adelante, estarían un paso más cerca de hacer realidad sus sueños.

Y así, con la frente en alto y el corazón lleno de esperanza, Diego y Xibalbá continuaron su viaje, listos para enfrentar cualquier desafío que se les presentara con coraje y determinación. Porque sabían que mientras permanecieran unidos, podrían superar cualquier obstáculo y triunfar sobre cualquier adversidad. Y con ese conocimiento en sus corazones, abrazaron el camino por delante con los brazos abiertos, listos para embarcarse en el próximo capítulo de su aventura.

Capítulo 27: Desafíos imprevistos

El viaje de Diego y Xibalbá continuó, el camino por delante se extendía ante ellos como una cinta interminable de posibilidades. Pero a medida que se aventuraban más en lo desconocido, pronto se encontraron enfrentando desafíos imprevistos que pusieron a prueba su determinación como nunca antes.

El primer desafío llegó en forma de un traicionero paso de montaña, un paisaje escarpado de picos escarpados y acantilados helados que parecían extenderse por millas. A medida que avanzaban por el paso, el aire se volvía más y más delgado, y su respiración llegaba en jadeos entrecortados mientras luchaban por mantener el ritmo del terreno implacable.

Con cada paso que daba, Diego sentía una sensación de inquietud que le roía las entrañas, una sensación de duda e incertidumbre que amenazaba con consumirlo. Sabía que el paso de montaña no sería fácil de navegar, pero también sabía que no tenían más remedio que seguir adelante si querían llegar a su destino.

A su lado, Xibalbá caminaba con tranquila determinación, sus ojos escudriñando el horizonte en busca de cualquier señal de peligro. Sabía que el paso de montaña era un lugar traicionero, pero también sabía que antes se habían enfrentado a mayores desafíos y habían salido victoriosos. Con cada momento que pasaba, sentía un sentimiento de orgullo por lo lejos que habían llegado, y una sensación de determinación para superar cualquier obstáculo que se le presentara.

A medida que subían más y más alto, el paso de montaña se volvía más peligroso, los vientos helados azotaban sus rostros mientras luchaban por mantener el equilibrio en el estrecho y sinuoso sendero. Con cada paso adelante, Diego sentía una sensación de miedo que se deslizaba por su corazón, un miedo al fracaso, a quedarse corto en su búsqueda para llegar a su destino.

Pero cuando llegaron a la cima del paso, los temores de Diego fueron reemplazados por una sensación de asombro y maravilla ante la impresionante belleza del mundo que los rodeaba. Desde su posición ventajosa, muy por encima de las nubes, podían ver a kilómetros en todas direcciones: las colinas onduladas y los bosques verdes que se extendían ante ellos como una colcha de retazos de verde y oro.

Con un sentimiento de gratitud en su corazón, Diego se tomó un momento para hacer una pausa y reflexionar sobre el viaje que los había traído a este momento: las pruebas y tribulaciones, las amistades forjadas y probadas, las victorias ganadas y las pérdidas lamentadas. Había sido un camino largo y difícil, pero uno que finalmente los había llevado a este momento, un momento de claridad y propósito, mientras miraban hacia el camino que tenían por delante con renovada determinación.

Al descender de la cima del paso, Diego y Xibalbá se encontraron con otro desafío: un río embravecido crecido con agua de deshielo de las montañas circundantes. Sin forma de cruzar el río de manera segura, sabían que tendrían que encontrar otra forma de continuar su viaje.

Con la cabeza en alto y el corazón lleno de determinación, Diego y Xibalbá se dispusieron a encontrar un camino para cruzar el río, con la mente enfocada en la tarea que tenían entre manos. Porque sabían que el camino por delante no sería fácil, pero también sabían que, con coraje y determinación, superarían cualquier desafío que se les presentara en el camino. Y con ese conocimiento en sus corazones, siguieron adelante, listos para enfrentar cualquier obstáculo que les deparara el futuro.

Capítulo 28: La prueba del guardián

A medida que Diego y Xibalbá continuaban su viaje, se encontraron con otro desafío: la prueba del Guardián. Se decía que solo aquellos considerados dignos por los propios Guardianes podían pasar esta prueba y continuar en su búsqueda, por lo que Diego y Xibalbá sabían que tendrían que demostrar su valía si querían tener éxito.

La prueba comenzó cuando entraron en un denso bosque, el aire cargado con los sonidos de la vida silvestre y el aroma de los árboles centenarios. El camino estaba envuelto en la oscuridad, los árboles se alzaban sobre nuestras cabezas como centinelas silenciosos que guardaban algún secreto olvidado hacía mucho tiempo.

Mientras caminaban, Diego y Xibalbá sintieron una sensación de inquietud que los invadía, una sensación de ser observados, de ser juzgados por ojos invisibles. Sabían que los Guardianes los estaban poniendo a prueba, y que tendrían que permanecer vigilantes si querían tener éxito.

Con cada paso que daba, el bosque se volvía más oscuro y premonitorio, y los árboles se cerraban a su alrededor como muros de sombra. El corazón de Diego se aceleraba de miedo mientras luchaba por mantener la compostura, con los sentidos en alerta máxima ante cualquier señal de peligro.

A su lado, Xibalbá caminaba con tranquila determinación, sus ojos escudriñando la oscuridad en busca de cualquier señal de movimiento. Sabía que estaban siendo probados y que tendrían que demostrar que eran dignos si querían continuar en su búsqueda.

De repente, el bosque se quedó quieto, el silencio solo roto por el sonido de sus pasos en el suelo del bosque. Diego y Xibalbá intercambiaron una mirada cautelosa, con el corazón latiendo en el pecho mientras esperaban que los Guardianes se revelaran.

Y entonces, de las sombras emergió una figura, una figura imponente vestida con túnicas de oro brillante, sus ojos brillando con una luz de otro mundo mientras miraba a Diego y Xibalbá con una mezcla de curiosidad y diversión.

—Soy Itzamná —dijo el Guardián con voz de trueno—. "Guardián del bosque y guardián de los antiguos caminos".

El corazón de Diego se aceleró de emoción al ver a The Guardian, su mente se aceleró con preguntas. —¿Qué quieres de nosotros? —preguntó, su voz apenas superior a un susurro.

Itzamna sonrió, sus ojos brillaban de diversión. —Te he estado esperando, Diego —dijo—. "Y sé de tu búsqueda para descubrir los secretos del códice maya".

Los ojos de Diego se abrieron de par en par sorprendidos por las palabras de The Guardian. —¿Lo haces? —preguntó, con la voz llena de asombro.

Itzamna asintió, con una sonrisa cómplice en las comisuras de sus labios. —Sí —dijo—. "Y creo que ustedes poseen el coraje y la fuerza para triunfar".

Con un sentido de propósito ardiendo en su corazón, Diego agradeció a Itzamná por su guía y se dio la vuelta para abandonar el bosque. Sabía que el viaje que le esperaba sería largo y peligroso, pero con el poder de los Guardianes a su lado, estaba listo para enfrentar cualquier desafío que se le presentara.

A medida que se adentraban en el bosque, Diego sintió que una sensación de emoción corría por sus venas. Porque sabía que con cada paso, estaban un paso más cerca de desentrañar los secretos del códice maya y salvar al mundo de la oscuridad que amenazaba con consumirlo. Y con la guía de los Guardianes, nada podía interponerse en su camino.

Pero no sabían que les esperaba un desafío mayor, un desafío que pondría a prueba no solo su fuerza y coraje, sino también su propia voluntad de sobrevivir. Y a medida que se adentraban en el corazón del bosque, pronto se encontrarían cara a cara con el verdadero poder de los Guardianes y las fuerzas que buscaban controlarlo para sus propios fines nefastos.

Capítulo 29: Las pruebas del fuego y el agua

A medida que Diego y Xibalbá se adentraban en el bosque, pronto se encontraron con una serie de pruebas: las Pruebas del Fuego y el Agua. Se decía que estas pruebas ponían a prueba la resolución y determinación de quienes se atrevían a emprenderlas, y Diego y Xibalbá sabían que tendrían que reunir todas sus fuerzas y coraje para tener éxito.

La Prueba de Fuego comenzó cuando entraron en un claro del bosque, un paisaje desolado salpicado de brasas humeantes y árboles carbonizados. El aire estaba cargado de humo, el calor los presionaba como una manta sofocante mientras se abrían paso a través del infierno ardiente.

Con cada paso que daba, Diego sentía el intenso calor quemando su piel, su ropa empapada de sudor mientras luchaba por mantener el ritmo del terreno implacable. Las llamas danzaban ante sus ojos, su luz parpadeante proyectaba sombras espeluznantes en el suelo mientras avanzaba, con la mente concentrada en la tarea que tenía entre manos.

A su lado, Xibalbá caminaba con tranquila determinación, sus ojos escudriñando el horizonte en busca de cualquier señal de peligro. Sabía que la Prueba de Fuego no sería fácil, pero también sabía que antes se habían enfrentado a mayores desafíos y habían salido victoriosos. Con cada momento que pasaba, sentía un sentimiento de orgullo por lo lejos que habían llegado, y una sensación de determinación para superar cualquier obstáculo que se le presentara.

Al llegar al corazón del infierno, Diego y Xibalbá se encontraron frente a un imponente muro de llamas, un muro que parecía extenderse hacia el cielo, bloqueando su camino hacia adelante. Sin forma de pasar a través de las llamas, sabían que tendrían que encontrar otra forma de continuar su viaje.

Con la cabeza en alto y el corazón lleno de determinación, Diego y Xibalbá se dispusieron a encontrar un camino a través de las llamas, con la mente enfocada en la tarea que tenían entre manos. Porque sabían que la Prueba de Fuego era una prueba de su fuerza y coraje, y que tendrían que demostrar su valía si querían tener éxito.

Después de lo que parecieron horas de búsqueda, finalmente se toparon con un pasadizo oculto, una estrecha brecha en el muro de llamas que conducía a un lugar seguro al otro lado. Con una sensación de alivio que lo inundaba, Diego abrió el camino a través del pasillo, con el corazón latiendo con fuerza en su pecho mientras salían ilesos del otro lado.

Pero su respiro duró poco, ya que pronto se encontraron frente a la Prueba del Agua, un vasto río agitado que bloqueaba su camino hacia adelante. Sin forma de cruzar el río de manera segura, sabían que tendrían que encontrar otra forma de continuar su viaje.

Con la cabeza en alto y el corazón lleno de determinación, Diego y Xibalbá se dispusieron a encontrar un camino para cruzar el río, con la mente enfocada en la tarea que tenían entre manos. Porque sabían que la Prueba del Agua era una prueba de su resistencia e ingenio, y que tendrían que demostrar su valía si querían tener éxito.

Después de lo que parecieron horas de búsqueda, finalmente se toparon con un vado oculto, un cruce poco profundo donde el río era más angosto. Con un sentido de determinación ardiendo en su corazón, Diego abrió el camino a través del río, sus músculos se tensaban por el esfuerzo mientras luchaban contra la rápida corriente.

Pero cuando llegaron al otro lado, supieron que sus pruebas estaban lejos de terminar. Porque sabían que el camino por delante estaría lleno de desafíos aún mayores, y que tendrían que reunir toda su fuerza y coraje si querían tener éxito. Y con el poder de los Guardianes a su lado, sabían que nada podía interponerse en su camino.

Capítulo 30: El Templo del Sol

Diego y Xibalbá emergieron de las Pruebas de Fuego y Agua con un renovado sentido de determinación, con el corazón puesto en completar su búsqueda para descubrir los secretos del códice maya. A medida que se adentraban en el bosque, pronto se encontraron frente a la imponente estructura del Templo del Sol, un gran y antiguo edificio que se erigía como testimonio del poder y la sabiduría de la civilización maya.

El templo se alzaba ante ellos como un faro de esperanza, sus agujas doradas se extendían hacia el cielo como si se extendieran hacia los cielos mismos. Diego sintió que una sensación de asombro lo inundaba mientras contemplaba la magnífica estructura, su mente llena de asombro por los misterios que yacían en su interior.

Con cada paso adelante, Diego y Xibalbá sentían que una sensación de anticipación crecía dentro de ellos, una sensación de emoción e inquietud mientras se preparaban para entrar al templo y descubrir sus secretos. Sabían que el viaje que les esperaba no sería fácil, pero también sabían que habían llegado demasiado lejos como para volver atrás.

Al cruzar las imponentes puertas del templo, se encontraron de pie en una vasta cámara, una cámara llena de antiguas tallas e intrincados murales que representaban escenas de la mitología maya. El aire estaba cargado con el aroma del incienso, el suave resplandor de las antorchas proyectaba sombras espeluznantes en las paredes a medida que se adentraban en el templo.

Con cada momento que pasaba, Diego sentía una sensación de asombro que lo recorría, una sensación de ser parte de algo más grande que él mismo, de estar conectado con la antigua sabiduría del pueblo maya. Sabía que el templo tenía la clave para desentrañar los secretos del códice maya, y que tendrían que proceder con precaución si querían tener éxito.

A medida que se adentraban en el templo, pronto se encontraron frente a una enorme puerta de piedra, una puerta que parecía palpitar con energía como si estuviera viva con algún poder invisible. Diego y Xibalbá intercambiaron una mirada cautelosa, con el corazón latiendo en el pecho mientras se preparaban para enfrentar lo que fuera que les deparara el futuro.

Con una sensación de determinación ardiendo en su corazón, Diego extendió la mano y abrió la puerta de piedra, revelando una cámara llena de luz dorada. Al entrar, se encontraron de pie frente a un pedestal, un pedestal sobre el que yacía el códice maya, cuyas páginas brillaban con una luz de otro mundo.

Con manos temblorosas, Diego extendió la mano y agarró el códice, sus dedos trazando los intrincados símbolos que adornaban sus páginas. Podía sentir el poder del antiguo conocimiento recorriendo su cuerpo, llenándolo de una sensación de asombro y asombro como nunca antes había conocido.

A su lado, Xibalbá observaba con una mezcla de asombro y reverencia, sus ojos brillaban de orgullo al ver a su amigo cumpliendo su destino. Juntos, habían enfrentado innumerables pruebas y tribulaciones en su viaje, pero ahora se encontraban en el umbral de la grandeza, una grandeza que daría forma al destino de su mundo para las generaciones venideras.

Mientras contemplaban el códice maya, Diego sintió que una sensación de paz lo inundaba, un sentimiento de satisfacción y satisfacción al darse cuenta de que su búsqueda finalmente había llegado a su fin. Con el poder del códice al alcance de la mano, podrían desbloquear la antigua sabiduría del pueblo maya y asegurarse de que su legado perdure en los siglos venideros.

Pero poco sabían que su viaje estaba lejos de terminar, porque incluso mientras disfrutaban del brillo de su logro, fuerzas oscuras se estaban reuniendo en el horizonte, listas para desafiar su nuevo poder y amenazar la frágil paz de su mundo. Y mientras Diego y Xibalbá se preparaban para enfrentar su mayor desafío hasta el momento, sabían que tendrían que mantenerse unidos si querían prevalecer. Porque el destino de su mundo pendía de un hilo, y solo trabajando juntos podrían esperar superar la oscuridad que amenazaba con consumirlos a todos.

Capítulo 31: Las sombras de la traición

Diego y Xibalbá estaban de pie frente al Templo del Sol, con el códice maya en su poder, sus corazones llenos de una sensación de triunfo y logro. Pero su momento de victoria duró poco, ya que cuando se dieron la vuelta para abandonar el templo, se encontraron con un adversario inesperado: el antiguo mentor de Xibalbá, Quetzalcóatl.

Los ojos de Quetzalcóatl ardían con una furia fría mientras miraba a Diego y Xibalbá, sus labios se curvaron en una mueca de desdén. —Así que por fin has encontrado el códice maya —dijo, con la voz llena de desprecio—. —¿Pero realmente entiendes el poder que ejerces?

El corazón de Diego se hundió al ver a Quetzalcóatl, su mente se llenó de preguntas. ¿Qué hacía aquí su antiguo mentor? ¿Y por qué parecía tan decidido a impedirles completar su misión?

Antes de que Diego pudiera responder, Quetzalcóatl levantó la mano y convocó a un grupo de figuras sombrías a su lado, criaturas de la oscuridad que parecían materializarse de la nada, sus ojos brillaban con malicia mientras avanzaban hacia Diego y Xibalbá.

Con una sensación de pavor recorriéndolo, Diego alcanzó el códice maya, con los dedos temblando de incertidumbre. Sabía que no eran rival para Quetzalcóatl y sus secuaces, pero también sabía que no podían darse por vencidos sin luchar.

A medida que las figuras sombrías se acercaban a su alrededor, Diego y Xibalbá se mantuvieron firmes, sus mentes aceleradas con pensamientos sobre cómo vencer a sus adversarios. Con cada momento que pasaba, la tensión en el aire se hacía más espesa, la sensación de una fatalidad inminente pesaba mucho en sus corazones.

Pero justo cuando todo parecía perdido, una voz resonó desde las sombras, una voz llena de calor y luz que parecía atravesar la oscuridad como un faro de esperanza. "¡Diego! ¡Xibalbá!", exclamó. "¡No temáis! ¡No estás solo!"

Con una sensación de alivio que lo inundaba, Diego se giró para ver una figura familiar que emergía de las sombras: Ixchel, la sabia anciana que había servido como su mentora y guía durante todo su viaje. Sus ojos brillaban con determinación cuando daba un paso adelante, su bastón brillaba con una luz de otro mundo mientras se preparaba para enfrentarse a sus enemigos.

Con una sensación de esperanza renovada ardiendo en su corazón, Diego tomó el códice maya y convocó el poder de su antiguo conocimiento. Con un conjuro susurrado, desató una ola de energía que envolvió a sus adversarios, empujándolos de vuelta a la oscuridad de donde vinieron.

A medida que las figuras sombrías se retiraban, los ojos de Quetzalcóatl ardían de rabia, su voz resonaba en la cámara del templo como un trueno. —Puede que hayas ganado esta batalla —gruñó—, pero la guerra está lejos de terminar. ¡No descansaré hasta que haya reclamado lo que es mío por derecho!"

Con eso, Quetzalcóatl desapareció en las sombras, dejando a Diego, Xibalbá e Ixchel solos en la cámara del templo. Aunque su victoria había sido duramente ganada, sabían que su viaje estaba lejos de terminar, y que tendrían que permanecer vigilantes frente a la oscuridad que amenazaba con consumir su mundo.

Con la cabeza en alto y el corazón lleno de determinación, Diego y Xibalbá se prepararon para continuar su búsqueda, sabiendo que tendrían que mantenerse unidos si querían superar las sombras de la traición que se cernían en el horizonte. Y con el poder del códice maya al alcance de la mano, sabían que nada podía interponerse en su camino.

Capítulo 32: El camino a la redención

Diego y Xibalbá se quedaron en pie después de su enfrentamiento con Quetzalcóatl, con los ecos de sus amenazas aún resonando en sus oídos. Aunque habían salido victoriosos, sabían que su viaje estaba lejos de terminar, y que tendrían que permanecer vigilantes frente a la oscuridad que amenazaba con consumir su mundo.

Al salir del Templo del Sol, se encontraron reflexionando sobre los acontecimientos que los habían llevado a este punto: las pruebas y tribulaciones, las amistades forjadas y probadas, las victorias obtenidas y las pérdidas lamentadas. Había sido un camino largo y difícil, pero uno que finalmente los había llevado a este momento, un momento de claridad y propósito, mientras miraban hacia el camino que tenían por delante con renovada determinación.

Con cada paso adelante, Diego sentía que una sensación de anticipación crecía dentro de él, una sensación de emoción e inquietud mientras se preparaba para enfrentar cualquier desafío que se le presentara. Sabía que el camino hacia la redención no sería fácil, pero también sabía que no podía darse por vencido ahora, no cuando había tanto en juego.

A su lado, Xibalbá caminaba con tranquila determinación, sus ojos escudriñando el horizonte en busca de cualquier señal de peligro. Sabía que su viaje estaba lejos de terminar, pero también sabía que habían llegado demasiado lejos como para volver atrás. Con cada momento que pasaba, sentía una sensación de orgullo por lo lejos que habían llegado, y una sensación de esperanza por el futuro que le esperaba.

A medida que se adentraban en el bosque, pronto se encontraron ante una encrucijada, una bifurcación en el camino que determinaría el curso de su viaje. Un camino conducía hacia la oscuridad, hacia las sombras de la traición y las fuerzas que buscaban controlarlos para sus propios propósitos nefastos. El otro camino conducía hacia la luz, hacia la redención y la posibilidad de enmendar los errores del pasado.

Con la frente en alto y el corazón lleno de determinación, Diego y Xibalbá eligieron el camino de la redención, sabiendo que sería el camino más difícil de recorrer, pero también sabiendo que era el único camino que valía la pena tomar. Con cada paso adelante, sentían que una sensación de liberación los inundaba, una sensación de libertad y renovación al dejar atrás la oscuridad de su pasado y abrazar la luz de su futuro.

A medida que avanzaban, se encontraron rodeados por la belleza del mundo que los rodeaba: los colores vibrantes del bosque, el suave susurro de las hojas en la brisa, el canto lejano de los pájaros que resonaba en el aire. Con cada momento que pasaba, sentían que una sensación de paz se apoderaba de ellos, un sentimiento de satisfacción y plenitud mientras abrazaban el camino a la redención con los brazos abiertos.

Pero poco sabían que su viaje pronto daría un giro inesperado, un giro que pondría a prueba su determinación como nunca antes y desafiaría todo lo que creían saber sobre sí mismos y el mundo que los rodeaba. Y a medida que se aventuraban más profundamente en lo desconocido, sabían que tendrían que mantenerse fieles a sus convicciones y nunca vacilar en su búsqueda de la redención. Porque el camino por delante sería largo y traicionero, pero con coraje y determinación, sabían que podían superar cualquier obstáculo y salir victoriosos al final.

Capítulo 33: El Bosque Susurrante

Diego y Xibalbá continuaron su viaje por el sinuoso camino de la redención, con el peso de sus errores pasados sobre sus hombros. A medida que se adentraban en el bosque, se encontraron rodeados por los imponentes árboles del Bosque Susurrante, un lugar de misterio e intriga, donde las sombras parecían bailar con vida propia.

El aire estaba cargado con el aroma del musgo y la tierra, y el suave susurro de las hojas en la brisa era un compañero constante mientras se abrían paso a través de la densa maleza. Con cada paso adelante, Diego sentía una sensación de inquietud que le carcomía las entrañas, una sensación de ser observado, de ser juzgado por ojos invisibles.

A su lado, Xibalbá caminaba con tranquila determinación, sus ojos escudriñando las sombras en busca de cualquier señal de peligro. Sabía que el Bosque Susurrante era un lugar de gran peligro, pero también sabía que no podían permitirse el lujo de dejar que el miedo dictara sus acciones. Con cada momento que pasaba, sentía que una sensación de resolución crecía dentro de él, una determinación de enfrentar cualquier desafío que se le presentara y salir victorioso.

A medida que se adentraban en el corazón del bosque, pronto se encontraron frente a un claro, un claro bañado por una luz de otro mundo que parecía emanar de los mismos árboles. El corazón de Diego se aceleró de emoción al ver el claro, su mente se aceleró con pensamientos sobre los misterios que yacían en su interior.

Con una sensación de anticipación que crecía dentro de él, Diego entró en el claro, con los ojos muy abiertos de asombro por el espectáculo que lo recibía: una arboleda de árboles centenarios, cuyas ramas se extendían hacia el cielo como dedos que alcanzan el cielo. Pero mientras contemplaba los árboles, se dio cuenta de que algo andaba mal: su corteza estaba retorcida y nudosa, sus hojas marchitas y marrones como si hubieran sido tocadas por alguna plaga invisible.

A su lado, Xibalbá dio un paso adelante, entrecerrando los ojos mientras contemplaba la escena que tenía ante sí. —Este lugar está maldito —dijo, su voz apenas superior a un susurro—. "Debemos proceder con precaución si queremos sobrevivir".

Con una sensación de inquietud recorriéndole, Diego asintió con la cabeza, con los sentidos en alerta máxima ante cualquier señal de peligro. Pero a medida que avanzaban por la arboleda, pronto se vieron acosados por una sensación de premonición, una sensación de ser observados por ojos invisibles, de ser perseguidos por alguna fuerza malévola.

Con cada momento que pasaba, la tensión en el aire se hacía más espesa, la sensación de una fatalidad inminente pesaba mucho en sus corazones. Pero justo cuando todo parecía perdido, una voz resonó desde las sombras, una voz llena de calor y luz que parecía atravesar la oscuridad como un faro de esperanza.

"¡Diego! ¡Xibalbá!", exclamó. "¡No temáis! ¡No estás solo!"

Con una sensación de alivio que lo inundaba, Diego se giró para ver una figura familiar que emergía de las sombras: Ixchel, la sabia anciana que había servido como su mentora y guía durante todo su viaje. Sus ojos brillaban con determinación cuando dio un paso adelante, su bastón brillaba con una luz de otro mundo mientras se preparaba para enfrentar cualquier peligro que se avecinase.

Con Ixchel a su lado, Diego y Xibalbá siguieron adelante, con el corazón lleno de coraje y determinación renovados. Porque sabían que el Bosque Susurrante guardaba muchos secretos, y que tendrían que mantenerse fieles a sus convicciones si querían descubrir la verdad y salir victoriosos al final. Y con la guía de Ixchel, sabían que nada podía interponerse en su camino.

Capítulo 34: El velo de las ilusiones

A medida que Diego, Xibalbá e Ixchel se adentraban en el Bosque Susurrante, se encontraron con una espesa niebla, un velo de ilusiones que oscurecía su visión y nublaba sus mentes con incertidumbre. Sabían que tendrían que andar con cuidado si querían navegar a través del laberinto de ilusiones y salir ilesos del otro lado.

La niebla flotaba pesada en el aire, sus zarcillos serpenteaban alrededor de los árboles como dedos fantasmales mientras se abrían paso a través del bosque. El corazón de Diego se aceleraba de emoción ante el desafío que tenía por delante, sus sentidos estaban en alerta máxima ante cualquier señal de peligro. Sabía que el velo de las ilusiones era una prueba de su resolución y determinación, y que tendrían que mantenerse enfocados si querían tener éxito.

A su lado, Xibalbá caminaba con una tranquila determinación, sus ojos escudriñaban la niebla en busca de cualquier señal del camino que tenía por delante. Sabía que el velo de las ilusiones era un obstáculo peligroso a superar, pero también sabía que no podían permitirse el lujo de dejar que el miedo dictara sus acciones. Con cada momento que pasaba, sentía que una sensación de resolución crecía dentro de él, una determinación de enfrentar cualquier desafío que se le presentara y salir victorioso.

A medida que se adentraban en el corazón del bosque, pronto se encontraron ante una bifurcación en el camino, una bifurcación que parecía extenderse ante ellos como un laberinto de posibilidades infinitas. El corazón de Diego se hundió al ver el tenedor, su mente se aceleró con pensamientos sobre qué camino tomar. Sabía que el velo de las ilusiones estaba destinado a engañarlos, a desviarlos de su verdadero camino, y que tendrían que elegir sabiamente si querían navegar a través del laberinto de las ilusiones y salir ilesos del otro lado.

Con una sensación de inquietud recorriéndolo, Diego se volvió hacia Ixchel en busca de orientación, sus ojos suplicando ayuda. Pero para su sorpresa, Ixchel simplemente sonrió y negó con la cabeza, sus ojos brillando de diversión. —Debéis confiar en vosotros mismos —dijo ella, con voz suave pero firme—. "El camino por delante es tuyo para elegir, y solo tuyo".

Con esas palabras resonando en sus oídos, Diego y Xibalbá volvieron su atención a la bifurcación del camino, con el corazón lleno de determinación. Con cada momento que pasaba, la niebla parecía hacerse más espesa, las ilusiones más convincentes a medida que luchaban por encontrar su camino a través del laberinto.

Pero justo cuando todo parecía perdido, una voz resonó desde las sombras, una voz llena de calor y luz que parecía atravesar la oscuridad como un faro de esperanza. "¡Diego! ¡Xibalbá!", exclamó. "¡No temáis! ¡No estás solo!"

Con una sensación de alivio que lo inundaba, Diego se giró para ver una figura familiar que emergía de la niebla: Ixchel, la sabia anciana que había servido como su mentora y guía durante todo su viaje. Sus ojos brillaban con determinación cuando dio un paso adelante, su bastón brillaba con una luz de otro mundo mientras se preparaba para enfrentar cualquier peligro que se avecinase.

Con Ixchel a su lado, Diego y Xibalbá siguieron adelante, con el corazón lleno de coraje y determinación renovados. Porque sabían que el velo de las ilusiones era una prueba de su resolución y determinación, y que tendrían que confiar en sí mismos si querían navegar por el laberinto y salir victoriosos del otro lado. Y con la guía de Ixchel, sabían que nada podía interponerse en su camino.

Capítulo 35: El juicio del guardián

A medida que Diego, Xibalbá e Ixchel se adentraban en el Bosque Susurrante, pronto se encontraron frente a un árbol imponente, un árbol diferente a cualquiera que hubieran visto antes. Sus ramas se extendían hacia el cielo como dedos nudosos, y sus raíces se hundían profundamente en la tierra. Pero lo que realmente distinguía al árbol era el aura de poder que parecía emanar de su propio núcleo, un poder que los llamaba, los llamaba a acercarse.

El corazón de Diego se aceleró de emoción al ver el árbol, su mente se aceleró con pensamientos sobre los misterios que yacían en su interior. Sabía que habían llegado al corazón del Bosque Susurrante, el lugar donde se decía que moraban los Guardianes del Bosque, y que tendrían que demostrar su valía si querían descubrir los secretos que se escondían en su interior.

Con una sensación de determinación ardiendo en su corazón, Diego dio un paso adelante, con los ojos fijos en el árbol que tenía delante. Podía sentir el poder de los Guardianes recorriendo su cuerpo, llenándolo de un sentido de propósito diferente a todo lo que había conocido. A su lado, Xibalbá e Ixchel hicieron lo mismo, con el corazón lleno de coraje mientras se preparaban para enfrentar las pruebas que se avecinaban.

Al acercarse a la base del árbol, se encontraron de pie frente a una barrera resplandeciente, una barrera que parecía palpitar con energía como si estuviera viva con algún poder invisible. Con una sensación de inquietud que lo recorría, Diego extendió la mano y tocó la barrera, sus dedos hormigueaban con la sensación de magia.

Con un conjuro susurrado, Diego convocó el poder del códice maya, desatando una ola de energía que envolvió la barrera y la rompió en mil pedazos. Con la barrera ahora sin ella, se encontraron de pie en un claro, un claro bañado por una luz de otro mundo que parecía emanar del corazón mismo del árbol.

Pero su momento de triunfo duró poco, ya que al entrar en el claro, se encontraron con una serie de pruebas: las pruebas de los Guardianes. Se decía que estas pruebas ponían a prueba la resolución y la determinación de quienes se atrevían a emprenderlas, y Diego sabía que tendrían que reunir toda su fuerza y coraje si querían tener éxito.

La primera prueba fue la Prueba de Fuerza, una prueba de destreza física y resistencia. Diego y sus compañeros se encontraron con una serie de obstáculos: ríos que vadear, montañas que escalar y bestias que superar. Con cada momento que pasaba, sentían el peso de su agotamiento presionándolos, pero se negaban a rendirse, sacando fuerzas del poder de los Guardianes que fluía a través de ellos.

La segunda prueba fue la Prueba del Conocimiento, una prueba de inteligencia y sabiduría. Diego y sus compañeros se encontraron enfrentándose a una serie de acertijos y acertijos, cada uno más desafiante que el anterior. Con cada momento que pasaba, sentían el peso de su duda presionándolos, pero se negaban a ceder, extrayendo sabiduría del poder de los Guardianes que fluía a través de ellos.

La tercera prueba fue la Prueba del Valor, una prueba de valentía y determinación. Diego y sus compañeros se enfrentaron a una serie de miedos y dudas, cada uno más aterrador que el anterior. Con cada momento que pasaba, sentían el peso de su miedo presionándolos, pero se negaban a retroceder, sacando coraje del poder de los Guardianes que fluía a través de ellos.

Al salir victoriosos de las pruebas, Diego, Xibalbá e Ixchel sintieron que un sentimiento de orgullo los invadía, un sentimiento de logro y satisfacción al darse cuenta de que habían demostrado ser dignos del poder de los Guardianes. Con la cabeza en alto y el corazón lleno de determinación, se prepararon para continuar su viaje, sabiendo que el camino por delante estaría lleno de desafíos aún mayores. Pero con el poder de los Guardianes a su lado, sabían que nada podía interponerse en su camino.

Capítulo 36: Los ecos del pasado

Cuando Diego, Xibalbá e Ixchel salieron del claro donde habían enfrentado las pruebas de los Guardianes, se encontraron de pie al borde de una vasta extensión, un lugar donde el pasado y el presente parecían fusionarse, donde los ecos de las civilizaciones antiguas persistían en el aire como susurros en el viento.

El corazón de Diego se aceleró de emoción ante la vista que tenía ante él, su mente se aceleró con pensamientos sobre los misterios que yacían ocultos dentro de las ruinas que se extendían ante ellos. Sabía que habían llegado al corazón del Bosque Susurrante, el lugar donde se decía que estaban enterrados los secretos del pasado, y que tendrían que andar con cuidado si querían descubrir la verdad.

A su lado, Xibalbá e Ixchel caminaban con tranquila determinación, sus ojos escudriñando las ruinas en busca de cualquier señal de peligro. Sabían que los ecos del pasado podían ser algo peligroso, ya que despertaban recuerdos y emociones que habían permanecido dormidos durante mucho tiempo. Pero también sabían que no podían permitirse el lujo de dejar que el miedo dictara sus acciones, no cuando estaban tan cerca de descubrir la verdad que los había eludido durante tanto tiempo.

A medida que avanzaban a través de las ruinas, pronto se encontraron frente a un templo en ruinas, un templo que parecía palpitar con la energía de épocas pasadas. Con cada paso hacia adelante, sentían que una sensación de anticipación crecía dentro de ellos, una sensación de emoción e inquietud mientras se preparaban para profundizar en los secretos que se escondían en su interior.

Con un sentimiento de determinación ardiendo en su corazón, Diego dio un paso adelante, con los ojos fijos en la entrada del templo. Podía sentir el poder de los antiguos recorriendo a través de él, llenándolo de un sentido de propósito diferente a todo lo que había conocido. A su lado, Xibalbá e Ixchel hicieron lo mismo, con el corazón lleno de coraje mientras se preparaban para enfrentar los peligros que se avecinaban.

Al entrar en el templo, se encontraron rodeados por los ecos del pasado, los susurros de las civilizaciones antiguas que parecían llenar el aire como una melodía inquietante. El corazón de Diego se aceleró de emoción ante la vista que tenía ante él, su mente se aceleró con pensamientos sobre los misterios que se escondían en su interior.

Con cada paso adelante, se enfrentaban a una serie de desafíos: trampas y acertijos diseñados para poner a prueba su resolución y determinación. Pero con el poder de los Guardianes fluyendo a través de ellos, fueron capaces de superar cada obstáculo con facilidad, sacando fuerzas de los ecos del pasado que los rodeaban.

A medida que se adentraban en el templo, pronto se encontraron frente a una cámara, una cámara que parecía palpitar con una luz de otro mundo. Con una sensación de inquietud recorriéndole, Diego dio un paso adelante, con los ojos fijos en el objeto que yacía en el centro de la habitación: una tablilla de piedra con inscripciones de runas antiguas.

Con un conjuro susurrado, Diego invocó el poder del códice maya, desatando una ola de energía que envolvió la tablilla y bañó la cámara con una luz brillante. Y cuando la luz se desvaneció, se encontraron de pie frente a una puerta, una puerta que parecía conducir a otro mundo.

Con una sensación de anticipación creciendo dentro de ellos, Diego, Xibalbá e Ixchel cruzaron la puerta y entraron en lo desconocido, sus corazones llenos de coraje mientras se preparaban para enfrentar cualquier desafío que se les presentara. Porque sabían que el camino para descubrir la verdad no sería fácil, pero también sabían que no podían darse el lujo de rendirse, no cuando el destino de su mundo pendía de un hilo. Y con los ecos del pasado guiando su camino, sabían que nada podía interponerse en su camino.

Capítulo 37: El Reino de las Sombras

Cuando Diego, Xibalbá e Ixchel cruzaron la puerta hacia lo desconocido, se encontraron en un reino diferente a cualquiera que hubieran visto antes, un reino envuelto en oscuridad, donde las sombras bailaban y se retorcían como espíritus malévolos.

El corazón de Diego se aceleró de emoción ante la vista que tenía ante él, su mente se aceleró con pensamientos sobre los misterios que yacían ocultos en las sombras. Sabía que habían entrado en el reino de las sombras, un lugar donde se decía que moraban los miedos y deseos más oscuros de la humanidad, y que tendrían que andar con cuidado si querían descubrir la verdad.

A su lado, Xibalbá e Ixchel caminaban con tranquila determinación, sus ojos escudriñando la oscuridad en busca de cualquier señal de peligro. Sabían que el reino de las sombras era un lugar peligroso, lleno de criaturas de la oscuridad que ansiaban su destrucción. Pero también sabían que no podían permitirse el lujo de dejar que el miedo dictara sus acciones, no cuando estaban tan cerca de descubrir la verdad que los había eludido durante tanto tiempo.

A medida que se abrían camino a través de la oscuridad, pronto se encontraron enfrentados a una serie de desafíos: trampas e ilusiones diseñadas para poner a prueba su resolución y determinación. Pero con el poder de los Guardianes fluyendo a través de ellos, fueron capaces de superar cada obstáculo con facilidad, sacando fuerzas de la luz que ardía dentro de sus corazones.

A medida que se adentraban en el reino de las sombras, pronto se encontraron frente a una imponente ciudadela, una ciudadela que parecía palpitar con energía oscura. Con una sensación de inquietud que lo recorría, Diego dio un paso adelante, con los ojos fijos en la entrada de la ciudadela. Podía sentir el poder de las sombras recorriendo su cuerpo, llenándolo de una sensación de pavor como nunca antes había conocido.

Con un conjuro susurrado, Diego invocó el poder del códice maya, desatando una ola de energía que envolvió la ciudadela y la bañó en una luz brillante. Y cuando la luz se desvaneció, se encontraron de pie frente a una puerta, una puerta que parecía conducir más profundamente al corazón de las tinieblas.

85

Con una sensación de determinación ardiendo en sus corazones, Diego, Xibalbá e Ixchel atravesaron la puerta y se adentraron en las profundidades de la ciudadela, sus ojos buscando cualquier señal de la verdad que se escondía en su interior. Porque sabían que habían llegado demasiado lejos como para volver atrás, y que tendrían que mantenerse fieles a sus convicciones si querían descubrir los secretos que les habían eludido durante tanto tiempo.

A medida que se adentraban en la ciudadela, pronto se encontraron frente a una cámara, una cámara que parecía palpitar con una luz de otro mundo. Con una sensación de inquietud recorriéndolos, dieron un paso adelante, con los ojos fijos en el objeto que yacía en el centro de la habitación: un pedestal sobre el que descansaba un orbe brillante.

Con una sensación de anticipación creciendo dentro de ellos, extendieron la mano y tocaron el orbe, sus dedos hormigueaban con la sensación de magia. Y mientras lo hacían, sintieron una oleada de energía que los recorría, llenándolos de un sentido de propósito diferente a todo lo que habían conocido.

Con la cabeza en alto y el corazón lleno de determinación, se prepararon para enfrentar cualquier desafío que se les presentara, sabiendo que estaban un paso más cerca de descubrir la verdad que los había eludido durante tanto tiempo. Y con el poder de los Guardianes a su lado, sabían que nada podía interponerse en su camino.

Capítulo 38: El corazón de las tinieblas

Cuando Diego, Xibalbá e Ixchel se adentraron en las profundidades de la ciudadela, se encontraron frente a una puerta, una puerta que parecía adentrarse más en el corazón de las tinieblas. Con una sensación de inquietud recorriéndolos, dieron un paso adelante, con los ojos fijos en lo desconocido que yacía más allá.

El aire estaba cargado con el aroma de la decadencia, la oscuridad los presionaba desde todos los lados mientras se abrían paso por los pasillos de la ciudadela. El corazón de Diego se aceleraba de emoción al pensar en los misterios que se escondían en las profundidades de la ciudadela, su mente se aceleraba con pensamientos sobre los desafíos que se avecinaban.

A su lado, Xibalbá e Ixchel caminaban con tranquila determinación, sus ojos escudriñando la oscuridad en busca de cualquier señal de peligro. Sabían que estaban entrando en el corazón de las tinieblas, un lugar donde las sombras dominaban y la luz de la verdad luchaba por penetrar. Pero también sabían que no podían permitirse el lujo de dejar que el miedo dictara sus acciones, no cuando estaban tan cerca de descubrir la verdad que los había eludido durante tanto tiempo.

A medida que se adentraban en las profundidades de la ciudadela, pronto se encontraron frente a una cámara, una cámara que parecía palpitar con una luz de otro mundo. Con una sensación de inquietud recorriéndolos, dieron un paso adelante, con los ojos fijos en el objeto que yacía en el centro de la habitación: un pedestal sobre el que descansaba un orbe brillante.

Con una sensación de anticipación creciendo dentro de ellos, extendieron la mano y tocaron el orbe, sus dedos hormigueaban con la sensación de magia. Y mientras lo hacían, sintieron una oleada de energía que los recorría, llenándolos de un sentido de propósito diferente a todo lo que habían conocido.

Pero su momento de triunfo duró poco, ya que cuando extendieron la mano para agarrar el orbe, se encontraron acosados por una serie de visiones: visiones del pasado, presente y futuro entrelazadas en un tapiz de luces y sombras.

Diego vio la caída de civilizaciones antiguas, el auge y la caída de imperios y las luchas de la humanidad contra las fuerzas de la oscuridad. Vio los sacrificios hechos en nombre del poder y la codicia, las traiciones y alianzas forjadas en el crisol de la guerra, y el triunfo del espíritu humano contra viento y marea.

Xibalbá vio la corrupción del códice maya, la tergiversación de su poder con fines egoístas y las consecuencias de ejercer ese poder sin restricciones. Vio la destrucción provocada por aquellos que buscaban controlar el códice, el sufrimiento de los inocentes atrapados en el fuego cruzado y la lucha desesperada por restaurar el equilibrio en un mundo que se tambaleaba al borde del caos.

Ixchel vio el camino que tenían por delante, las decisiones que tendrían que tomar y los sacrificios que tendrían que soportar. Vio las pruebas y tribulaciones que les esperaban, los peligros que acechaban en las sombras y la esperanza que ardía intensamente en sus corazones.

A medida que las visiones se desvanecían y la oscuridad se cerraba a su alrededor, Diego, Xibalbá e Ixchel se encontraron de pie frente al orbe una vez más, con el corazón lleno de determinación mientras se preparaban para enfrentar cualquier desafío que se les presentara. Porque sabían que estaban un paso más cerca de descubrir la verdad que los había eludido durante tanto tiempo, y que tendrían que mantenerse fieles a sus convicciones si querían salir victoriosos al final.

Capítulo 39: El enfrentamiento final

Cuando Diego, Xibalbá e Ixchel emergieron de las profundidades de la ciudadela, se encontraron frente a una vasta extensión, un lugar donde las fuerzas de la luz y la oscuridad se enfrentaron en una batalla por la supremacía. El aire crepitaba con energía, el suelo temblaba bajo sus pies mientras se preparaban para enfrentar su último desafío.

El corazón de Diego se aceleró con anticipación ante lo que tenía ante sí, su mente se aceleró con pensamientos de lo que le esperaba. Sabía que habían llegado al enfrentamiento final, el momento en que su destino se decidiría de una vez por todas. Pero también sabía que no podían permitirse el lujo de dejar que el miedo dictara sus acciones, no cuando había tanto en juego.

A su lado, Xibalbá e Ixchel caminaban con tranquila determinación, con los ojos fijos en el horizonte donde las fuerzas de las tinieblas se concentraban para la batalla. Sabían que estaban en inferioridad numérica y superior, pero también sabían que no podían darse el lujo de rendirse, no cuando el destino de su mundo pendía de un hilo.

Con un sentido de determinación ardiendo en sus corazones, dieron un paso adelante, sus ojos fijos en el enemigo que se encontraba frente a ellos. Sabían que tendrían que reunir toda su fuerza y coraje si querían salir victoriosos al final.

A medida que avanzaban, se vieron acosados por una horda de criaturas sombrías, monstruos nacidos de las profundidades más oscuras del reino de las sombras. Con las espadas desenvainadas y la magia al alcance de la mano, lucharon contra la marea de la oscuridad, con el corazón lleno de una feroz determinación de proteger todo lo que amaban.

Pero la batalla estaba lejos de terminar, porque mientras luchaban, se encontraron frente a una figura, una figura envuelta en la oscuridad, con los ojos ardiendo con intención malévola. Diego reconoció a la figura de inmediato: era el que había tratado de aprovechar el poder del códice maya para sus propios fines egoístas, el que había traído la oscuridad y la destrucción a su mundo.

Con una sensación de pavor recorriéndolo, Diego dio un paso adelante para enfrentar a su enemigo, con la espada en alto. Sabía que ese era el momento que habían estado esperando, el momento en que su destino se decidiría de una vez por todas.

La figura se echó a reír, un sonido que hizo temblar la columna vertebral de Diego, mientras levantaba su propia arma, una espada forjada a partir de las sombras más oscuras. —No puedes derrotarme —se burló, con la voz empapada de malicia—. "Soy el maestro de las sombras, el gobernante de las tinieblas. No sois más que insectos a los que aplastar bajo mis talones.

Pero Diego se negó a retroceder, sus ojos brillaban con determinación mientras se enfrentaba a su enemigo de frente. "Puede que nos superen en número y en inferioridad", declaró, su voz resonando en el campo de batalla, "pero nunca nos rendiremos. Luchamos por la luz, por la verdad y por el futuro de nuestro mundo. Y no descansaremos hasta que seas vencido y nuestro mundo esté libre de tu tiranía".

Con esas palabras resonando en sus oídos, Diego, Xibalbá e Ixchel se lanzaron a la batalla una vez más, con el corazón lleno de una feroz determinación de salir victoriosos al final. Y mientras luchaban, sabían que tendrían que recurrir a cada gramo de fuerza y coraje si querían vencer la oscuridad que amenazaba con consumirlos.

Pero también sabían que no estaban solos, porque luchaban no solo por sí mismos, sino por todos los que habían venido antes que ellos y por todos los que vendrían después. Y con el poder de los Guardianes a su lado, sabían que nada podía interponerse en su camino.

Capítulo 40: El amanecer de una nueva era

A medida que avanzaba la batalla, Diego, Xibalbá e Ixchel lucharon con toda su fuerza y determinación, sus corazones ardían con el fuego de la esperanza y el coraje. Sabían que el destino de su mundo pendía de un hilo, y no descansarían hasta haber vencido a la oscuridad que amenazaba con consumirlo.

Con cada golpe de sus espadas y cada ráfaga de su magia, se enfrentaban a las fuerzas de la oscuridad, haciéndolas retroceder con una determinación implacable. Pero su enemigo era poderoso, y la batalla parecía extenderse sin fin, sin un final a la vista.

Pero entonces, cuando los primeros rayos del amanecer comenzaron a romper la oscuridad, algo cambió. Una sensación de calma inundó el campo de batalla, y las sombras parecieron retirarse, retrocediendo ante la luz del sol naciente.

Diego, Xibalbá e Ixchel observaron con asombro cómo la oscuridad se retiraba, revelando un mundo bañado por la luz dorada de un nuevo día. Sabían que habían salido victoriosos, que habían triunfado sobre las fuerzas de la oscuridad y habían restablecido el equilibrio en su mundo una vez más.

Con una sensación de alivio y gratitud que los invadió, Diego, Xibalbá e Ixchel se miraron el uno al otro, sus ojos brillaban de orgullo y alegría. Sabían que su viaje estaba lejos de terminar, que habría nuevos desafíos y aventuras esperándolos en los días venideros. Pero por ahora, se permitieron disfrutar del brillo de su victoria ganada con tanto esfuerzo, sabiendo que se habían ganado su lugar en los anales de la historia como héroes.

Mientras miraban hacia el campo de batalla, vieron a sus compañeros guerreros emergiendo de las sombras, sus rostros llenos de esperanza y determinación. Sabían que su victoria no pertenecía solo a ellos, sino a todos los que habían luchado junto a ellos, a todos los que se habían atrevido a enfrentarse a las fuerzas de las tinieblas y luchar por la luz.

Y mientras permanecían juntos, bañados por el cálido resplandor del sol naciente, sabían que había amanecido una nueva era, una era de paz, prosperidad y esperanza. Y mientras miraban hacia el horizonte, sabían que el futuro tenía infinitas posibilidades, esperando ser descubiertas y exploradas.

Con el corazón lleno de esperanza y determinación, Diego, Xibalbá e Ixchel partieron hacia el amanecer, listos para enfrentar los desafíos y aventuras que les esperaban en los días venideros. Porque sabían que mientras permanecieran unidos, mientras lucharan por lo que era correcto, podrían superar cualquier obstáculo y alcanzar cualquier objetivo.

Y así, al desaparecer a la luz del nuevo día, dejaron atrás un mundo que cambió para siempre, un mundo en el que los ecos de su coraje y determinación resonarían para las generaciones venideras, inspirando a todos aquellos que se atrevieran a soñar con un mañana mejor.

Did you love *Los Caracteres Mayas Una Novela de Fantasía Histórica*? Then you should read *La Historia Oculta de los Reyes Visigodos Una Novela de Fantasía Histórica*[1] by Marcelo Palacios!

"La Historia Oculta de los Reyes Visigodos" narra la epopeya de la ciudad visigoda de Emerita Augusta, liderada por los valientes Einar y Alaric. Tras enfrentarse a amenazas bárbaras y luchar por la paz, la ciudad florece bajo su liderazgo, buscando el conocimiento, fortaleciendo su cultura y construyendo alianzas comerciales. Sin embargo, cuando viejos enemigos regresan, la ciudad debe defenderse una vez más, demostrando su determinación y unidad en la lucha por su supervivencia.

---

1. https://books2read.com/u/mBRVgk

2. https://books2read.com/u/mBRVgk

Milton Keynes UK
Ingram Content Group UK Ltd.
UKHW021912231124
451423UK00006B/695